NICODEMOS SENA

LÁ, SEREMOS FELIZES

KOTTER EDITORIAL

Diretor editorial: Sálvio Nienkötter
Coordenação editorial: Claudecir de Oliveira Rocha
Editor-executivo: João Lucas Dusi
Editor-assistente: Luiz Felipe Cunha
Capa: Jussara Salazar
Design editorial: Carlos Garcia Fernandes
Produção: Joehverson Guslem Jacob
Preparação de originais e revisão: O Autor

Dados Internacionais de Catalogação na Publicação (CIP)
Angelica Ilacqua CRB-8/7057

S477L

Sena, Nicodemos
Lá, seremos felizes / Nicodemos Sena. – 1. ed. – Curitiba : Kotter editorial, 2025.
220 p. : il.

ISBN 978-65-5361-402-4

1. Ficção brasileira I. Título

CDD B869.3

25-0242

Kotter Editorial Ltda.
Rua das Cerejeiras, 194
CEP: 82700-510 - Curitiba - PR
Tel. + 55(41) 3585-5161
www.kotter.com.br | contato@kotter.com.br

Feito o depósito legal
1ª Edição
2025

NICODEMOS SENA

LÁ, SEREMOS FELIZES

Para o “menino” Bernardino Sena,
com gratidão.

"Ah! que a tarefa de narrar é dura
essa selva selvagem, rude e forte,
que volve o medo à mente que a figura."
Dante Alighieri
(*Inferno*, Canto I)

SUMÁRIO

01. PAPAI, ME LEVA AO JARDIM?

"Um poeta dizia que o menino é pai do homem."
Machado de Assis
(*Memórias póstumas de Brás Cubas*)

Nem bem sabia se estava vivo, quanto menos o que seria escrever sobre a vida, mas, se verá, possuía uma centelha, pelo menos uma tênue fagulha de consciência do que ocorria em torno de si.

Por volta das 4 da tarde, depois de ter passado uma noite e a manhã sem destino, sujo, cansado e quase sem dinheiro, o rapaz vagava pelas ruas arenosas e esburacadas de Santa Irene. Só então se lembrou de que não se alimentara, entrou num boteco ordinário e escolheu peixe-frito — o prato mais barato do cardápio. Mal começava a comer e eis que surge um menino magrinho e seminu, doze anos talvez?

Impressionavam seus cabelos pretos e lisos sobre dois olhinhos negros e amendoados, traços de seus antepassados, que um dia reinaram na foz do rio Tapajós, onde este gigante de águas azul-anil se abraça e se engalfinha, numa luta eviterna e inglória, com o poderoso Amazonas, que acolhe e devora todos os rios da Amazônia. Foi ali, nesse ambiente a um tempo paradisíaco e miserável — onde o humano parece se amesquinhar perante o destino, que se abate sobre os pequeninos filhos da terra com a fatalidade das pestes e doenças endêmicas — que o menino se aproximou do rapaz e, com a beatitude de um santo e o atrevimento de um larápio, pôs-se a mirar o seu prato.

Foi inevitável: a fome estampada no rosto do menino o moveu a perguntar se queria comer. O pirralho nada respondeu — mas precisava?

Hipnotizados, seus olhinhos se mantinham fixos no prato.

— Tragam-lhe comida!

Sob a observação do benfeitor, o menino comeu com habilidade e sofreguidão.

Esquecendo de que tinha pouco dinheiro, o rapaz pergunta se ele quer mais. Os olhos do menino são suficientemente eloquentes e ele devora o novo prato com a volúpia de um vira-latas abandonado.

"Errante, quase sem dinheiro, estou ferrado!, mas sou maior e mais forte do que esse menino, escapo das feras da cidade".

Esse pensamento, entretanto, não foi suficiente para tranquilizá-lo. Ainda que seu corpo anguloso e as espinhas que lhe enfeavam a cara conferissem-lhe um ar de mais velho, tinha indecisos dezoito anos.

Estava em desgraça, sua desdita começara um dia antes, com a morte de sua pobre mãezinha. Vendo-se só, neste mundo, decidiu sair da pequena cidade em que nascera e partir para uma cidade grande... mas aí apareceu-lhe esse menino... Sim, estava muito ferrado!

Tendo devorado o segundo prato, o menino, cabecinha abaixada, se mantinha ao seu lado.

— Como te chamas?

— Meu nome é Ninguém — balbuciou.

— Ninguém? Mas tu existe! Cadê teus pais?

— Morreram — disse soluçando.

— Vives com quem?

— Sozinho, ando...

A carinha suja do menino se parecia com a dos ratos que atravessavam céleres o piso do estabelecimento. "Inteligente como esses ratos", foi a frase que ficou martelando a cabeça do rapaz.

Pagou as refeições pensando em pedir ao menino que lhe contasse a sua história; afinal, havia algo em comum entre eles: ambos eram órfãos de pai e mãe. Quando, porém, se voltou para o menino, este havia desaparecido. Ainda o viu lá adiante, dobrando uma esquina e levando no estômago três de seus parcos cruzeiros, que por certo lhe fariam falta na longa e desconhecida viagem que empreenderia em direção à cidade grande.

Hoje, talvez, não agiria assim. Mas, daquela vez, não se arrependeu de ter alimentado o menino; queria mesmo ter outra oportunidade para fazê-lo.

Dirigiu-se ao porto, onde os barcos já estavam lotados de gente. Ninguém viria despedir-se dele ao transpor a ponte que ligava o trapiche ao barco, como acontecia com os outros passageiros. Olhou para a terra e se sentiu um joão-ninguém, um lagalhé, uma alma penada, um desgraçado que sai e ninguém nota, chega e ninguém vê.

Com uma das mãos segurando uma sacola e a outra se apoiando no parapeito do barco, via as pessoas em terra gritando e gesticulando para seus entes queridos, parecendo já estar com saudade. Todos, ali, por certo, nutriam esperanças, menos ele, que se sentia o ser mais desvalido do mundo.

Após três apitos tristes, o barco foi se afastando devagar... A terra, que tanto amava, via seu filho partir e se mantinha fria e estranha, até mesmo hostil. "Sou como uma folha ao vento, rastro na areia. Nasci, mas ninguém percebeu".

O barco vai penso, pois os passageiros, no afã de avistarem a cidade pela última vez, amontoam-se em um dos lados. Uma garça-branca voa à meia altura, mas ninguém parece notar a sua existência, já que todos se esforçavam em não perder de vista a pequena clareira entre rio e selva na qual se convertera a cidade.

Num céu sem nuvens, o sol, a quatro palmos da linha do horizonte, ainda trespassa as águas límpidas do rio Tapajós. Tomando outro rumo, a garça-branca desapareceu no infinito, assim como ficou para trás o velho castelo, último ponto da cidade em cuja cúpula, horas antes, o rapaz havia subido com a intenção de lançar-se no rochedo e assim dar cabo da sua vida desgraçada.

"Melhor se tivesses morrido", escutou de uma voz sem corpo.

Com tristeza imensa pensou que seria melhor se tivesse morrido, porque do nada nascemos e depois desta vida seremos como se nunca tivéssemos sido; a respiração nos nossos narizes é uma fumaça e a razão é como uma faísca para mover o nosso coração; apagada a faísca o corpo será reduzido à cinza e o espírito se dissipará sutil no ar; nossa vida se desvanecerá como nevoeiro ao sol e nosso nome será sepultado no esquecimento e ninguém se lembrará do que fizemos ou deixamos de fazer, porque a nossa vida é a passagem duma sombra e não há regresso depois da morte, na qual é posto o selo e ninguém retorna.

Apesar do ronco do motor, a voz pareceu-lhe nítida e conhecida. Intrigado, olha para os lados, mas só vê gente estranha.

"Sou eu mesmo", a voz tornou a dizer, mas o que enxergou foi o pequeno Ninguém ao seu lado.

— Tu, aqui?! — exclamou.

Mais intrigado ficou quando, num abrir e fechar de olhos, o menino desapareceu. Em vão o procurou entre os passageiros.

Já duvidando da própria sanidade, desceu à casa de máquinas onde encontrou o menino sentado sobre um fardo de *juta* ([1]).

Além dos desventurados maquinistas e dos ratos que moram nos porões dos barcos, ninguém é louco de permanecer por muito tempo nesses ambientes abafados.

— Vou indo escondido, não tenho dinheiro pra passagem.

— Vais pra onde?

— Até onde o barco for.

— Ele vai até Belém.

— O dragão mora lá? Vou matar o dragão! — disse o menino, com os olhos faiscando.

— Dragão é bicho inventado, não existe.

— Existe sim! Matou minha mãe e meu pai! Mato ele! — jurou o menino, enfurecido.

— Está bem, existe. Vem comigo!

Como um bichinho assustado, o menino correu para o fundo do porão e se meteu entre a sacaria.

— Não precisas te esconder, pago a tua passagem! — disse o rapaz, gritando para encobrir as máquinas ensurdecedoras.

Mas nada do menino! Desistiu de esperá-lo e subiu ao convés, onde, a muito custo, deitou na sua rede, apertada por todos os lados por outras redes. Mil ruídos e pensamentos o impediram de dormir.

Envolvido pela noite, o barco descia o rio. Deitados em suas redes ou encostados ao parapeito do barco, mirando a escuridão, os passageiros não veem as margens, onde os ribeirinhos, àquela hora, se abrigam em seus *tapiris* ([2]), mas os ribeirinhos, engolfados pela solidão, através das frestas das paredes de palhas, enxergam

---

[1] Erva sublenhosa, originária da Índia e cultivada intensamente na Amazônia, para obtenção de suas valiosas fibras têxteis, cujo caule pode chegar a 5 metros de altura, o qual, macerado nas águas que transbordam anualmente do leito do grande rio Amazonas, liberta as fibras, que são empregadas em variadas espécies de tecidos. (N. do E.)

[2] Pequenas "taperas" (habitações de palha) onde se abrigam os "caboclos" (homens do mato) da Amazônia. (N. do E.)

o ponto de luz no qual o barco, como cobra grande de escamas prateadas descendo o rio, se convertera. "O que eles pensam neste instante, dentro de suas choupanas? Incrível como esses seres, às margens desse rio solitário, fora dos registros oficiais, largados a esmo e esquecidos, conseguem sonhar e sorrir", pensa o rapaz. Pois o barco, para os ribeirinhos, devia ser apenas um ponto inalcançável que passava no meio da noite, enquanto que, para os passageiros, era esperança de dias melhores.

"Meu filho! Não quero que tenhas o destino besta que eu e teu pai tivemos. Quero que tenhas um futuro".

A mãe lhe disse essas palavras tantas vezes, que elas ficaram gravadas na sua alma. Com os olhos fechados, em pensamento, ouvia-as misturadas com o ruído da máquina. Então dizia para si mesmo: "Por ti, mamãe; por ti, papai; por vocês, irmãozinhos que não puderam partir, vou em busca do futuro, e, quando o tiver alcançado, voltarei para contar o que vi e ouvi, e dividirei com vocês tudo o que tiver amealhado".

Não conseguindo dormir, desce da rede e vai até a proa do barco, onde, por longo tempo, respira com dificuldade o vento que bate em seu rosto.

Furando a escuridão, o barco segue seu destino. Também ele, apenas com um endereço no bolso, vai em frente, confiante, rumo ao "futuro".

O rapaz desejou que aquela noite nunca terminasse, pois, sinceramente, ele não queria partir; sentia-se mais seguro no sombrio e obscuro mundo onde nasceu e cresceu, no oco da selva, cercado por cobras e outros seres noturnos, e isso lhe trouxe a lembrança do menino, enfiado àquela hora no fétido porão do barco (ou da mente?) entre insetos e ratazanas. Era até capaz de saber o que o menino sentia, pois a vida sempre lhe fora como um grande porão, de onde via o mundo de baixo para cima.

Aos seres de precária condição, como os vermes e os insetos, que brotam do chão e se alojam entre as palhas e paredes podres, deve essa capacidade de sobreviver nas mais adversas condições e manter-se sereno nas situações mais humilhantes. Compreende, por exemplo, o desespero da barata eternamente ameaçada, ou o pavor do passarinho diante do gavião.

Tais pensamentos levaram-no ao porão do barco, onde, cuidando para não ser visto — pois é nos porões que os homens se escondem de si mesmos —, enveredou por entre fardos de juta e sacos de feijão.

— Ninguém! Ninguém! — grita, mas o ruído da máquina apagava a sua voz. "Besteira gritar; com certeza ele me vê de algum lugar", pensa.

Pó denso e cheiro de mofo emanam dos sacos e o sufocam. "Como é possível que o menino consiga ficar aqui por tanto tempo?". Sobe tossindo ao convés. Depois de vasculhar todos os lugares, procura o menino até nos fétidos banheiros do barco, pensando que talvez, num ato de desespero, ele tivesse se jogado no rio. Mesmo assim, resolve procurá-lo mais uma vez. Com um prato de comida que conseguira na cozinha do barco, desce ao porão.

Nem precisou chamar. Sentou sobre um fardo de juta e, sobre outro fardo, pôs o prato sob uma réstia de luz, e aguardou. Menos de um minuto depois, vê uma manchinha mais clara se destacando sobre o fundo negro do porão. A manchinha vai se aproximando, aproximando, bem devagar, até que, já bem perto, como um rato diante da ratoeira, hesita, mas logo, como um raio, passa mão do prato e torna a recolher-se na obscuridade do porão.

O rapaz observa a manchinha movimentar-se quase imperceptivelmente. Não a incomoda. Sabia que o menino sairia ao seu encontro tão logo terminasse a refeição, o que de fato aconteceu. Antes, porém, fica imóvel lá no seu canto, certamente olhando-o, até que dá um passinho à frente, e outro, e mais outro, mostrando enfim o rostinho sujo, pois, na pressa de saciar a fome, enfiara a cara no prato, à maneira dos cães.

Sabendo que o mínimo movimento poderia pôr tudo a perder, o rapaz aguardou que o pequeno viesse.

Enfim, já bem perto, disse-lhe:

— Não tenhas medo; sou teu amigo.

O menino devolve-lhe o prato vazio e ameaça retornar ao porão, mas, como o rapaz nada fez para impedi-lo, permanece ali, à sua frente, sob a réstia de luz.

Pele e osso, magrinho, vestia uma camisa e um *short* encardidos, furados em muitos lugares. Seus pés, metidos numa reles sandália havaiana, parecem dois ancinhos, de tanto que os dedos se abriam. Na desconchavada figura do menino tudo parece desprezível, menos os olhos, que, em contraste com os gestos tímidos, arrostam o mundo de um modo estranhamente sereno.

Denso é o olhar do menino, águas de um rio profundo. "Um dia ele já foi velho", pensou o rapaz, estremecendo, como se aqueles olhos de repente o olhassem das entranhas da selva, fazendo-o lembrar-se de um episódio já remoto da sua infância, que lhe marcaria para sempre.

Com a permissão da mãe, acompanhara os vizinhos numa caçada, as sombras da noite já caindo sobre a mata. Indivíduos, coisas e bichos se fundindo uns nos outros, eis que diante de seus olhos surge como que do nada, no galho de uma árvore, um pássaro estranho, muito estranho, meio gavião, meio sabiá, meio coruja, bico adunco de papagaio e cocuruto de centurião romano, que o olhava. Nunca esqueceria esses olhos, que o espreitavam de um modo tão singular e revolviam-no lá em seu mais profundo íntimo, arrepiando-o todo, e pareciam enxergar seus pensamentos. Seu corpo era de pássaro, mas o olhar meigo e severo, distante e amigo, parecia humano!

Não soube por quanto tempo ele e o estranho pássaro ficaram assim se observando, os espectros da noite já se movendo pela mata. Situação absurda, espécie de queda, vertigem, torvelinho, como se aquele pássaro o olhasse de dentro de si mesmo com duas pupilas que até hoje, enquanto escreve esta história, o espreitam por entre as árvores do quintal ou através das frestas da parede de palha da cabana da sua infância. Flagra-as num lampejo, nota-as de soslaio, pressente-as e não as vê, chegando a duvidar de que existam.

De onde veio aquele pássaro? Para onde foi? Esteve mesmo ali, com aqueles olhos que lhe traspassavam a alma, ou jamais existira?

Anos mais tarde deparou-se com olhos semelhantes. Resta-lhe do episódio uma lembrança vaga, variável, indefinida e incerta, como uma sombra que retornou ao chão da sua infância. Depois de longa viagem de avião, estava de volta à cidade onde aprendera a ler e escrever — e onde também rascunhou a sua primeira história. Perambula com a sensação de ser um fantasma, as ruas parecem outras, já não reconhece ninguém entre as pessoas e por ninguém é reconhecido.

Dá por si diante da sua ex-escola. Está vazia, mas escuta, longe, muito longe, uma algazarra de crianças. Não resiste à saudade e termina entrando na escola; vai pelos corredores e se depara com a sua antiga sala; é a mesma, mas parece tão pequena! A carteira ainda está lá, tem certeza de que é a mesma onde se sentava. Debaixo dos nomes de meninos e meninas, gravados uns sobre os outros como camadas geológicas da memória, ainda é possível ler o seu. Senta-se na carteira e ouve o trilo dos passarinhos que vem das árvores do terreiro. O trilo é o mesmo, mas, e os passarinhos? Entre os sons que lhe chegam do passado, ouve uma voz de mulher:

— O senhor procura alguém?

— Apenas mato a saudade; estudei aqui há vinte e cinco anos — responde à senhora grisalha, de pele desgastada pelo sol e pelo tempo, que o observa desconfiada, com dois olhos negros e amendoados que lhe trazem à lembrança os olhos do menino do porão a mirá-lo na semiobscuridade. "Aliás, procuro um garoto pequeno e franzino, que durante quatro anos se sentou nesta carteira. A senhora sabe onde está ele agora?"

— Hoje não há aula — explica a senhora. — Qual é o seu nome?

O rapaz diz seu nome, e a face da mulher se abre num triste sorriso.

— Lembro do senhor; era um aluno aplicado mas tímido. Lembra de mim, a professora de matemática?

Depois de tanto tempo, esquecera o rosto da professora, mas, ainda que lembrasse, não o reconheceria.

— Lembro sim. Como esquecer da senhora? — mente, a fim de não desapontá-la; se bem que, na multidão de olhares que ele pressente no fundo dos olhos do menino, reconhece os olhos da professora.

— Volte amanhã — disse ela.

— Voltarei — garante-lhe, sabendo que isso não aconteceria.

Aperta a mão que a mulher lhe estende e sai para a rua, com as vozes da infância ainda soando em seu ouvido e o coração apertado pela saudade de um tempo que não volta mais.

Aquele menino também surgira diante dele como que do nada, e seus olhos selvagens e meigos, como os do estranho pássaro, faziam-lhe lembrar dos olhos da ex-professora.

Por longo tempo se olharam sem nenhuma palavra. "Antes de o tal dragão chegar — pensou o rapaz —, esse menino deve ter sido muito feliz em sua aldeia, com outros meninos, troçando de tudo e de todos, rindo da chuva, catando pitangas, jogando pedrinhas no rio e lançando-se atrás delas, pisando nas nuvens e mirando as estrelas, tirando alegres canções em sua flauta de bambu".

— Vem comigo para o convés? — diz o rapaz, mas o menino se enfia de novo no porão.

Volta desapontado para o convés e deita na sua rede. Apesar do matraquear insuportável que vem da casa de máquinas, não resiste ao cansaço e adormece.

O balanço do barco deu-lhe a sensação de que braceja num tenebroso oceano, entre vagas desencontradas e incompreensíveis, das quais só se liberta quando algo como um grito estridente, ferindo a noite, acordou-o.

Na semiescuridão, nada enxerga. Imagina que seja um sobressalto dentro de um pesadelo, mas um instante depois o mesmo grito — sim, já não tinha dúvida de que era um grito! — ainda mais terrível e angustiado atroou.

Quem, àquela hora da noite, se atrevia a desferir um estrídulo tão agudo e desesperado, capaz de se sobrepor ao matraquear infernal das máquinas e acordar a todos? Levantou-se de um salto.

— O que houve? — pergunta ao sujeito que viaja ao seu lado.

— Parece que pegaram um ladrão a bordo — diz o homem, levantando-se da sua rede e seguindo para a popa do barco, de onde os gritos parecem vir.

Um membro da tripulação apareceu e, erguendo a voz, pede calma a todos, porque "tudo" já foi resolvido. "Tudo o que?", pensa o rapaz.

Filho das solidões da selva, até hoje lhe desagradam barulhos e ajuntamentos, mas àquela hora um pressentimento levou-o a seguir os companheiros de bordo, que, movidos pela curiosidade, deslocam-se de uma só vez à popa da embarcação, pondo em risco sua estabilidade.

— Parem todos! Fiquem em seus lugares! Já não disse que o caso foi resolvido?! — brada o tripulante, abrindo os braços como se com isso pudesse conter os passageiros.

Ao seu lado, outro tripulante diz que o ladrão já está preso e, tão logo o dia clareie, será abandonado num ponto qualquer da margem.

— O que ele roubou? — pergunta o rapaz.

— Comida — responde o tripulante.

— O senhor poderia me dizer o nome *dele*?

— De quem? Do ladrão? E alguém é capaz de saber? Acaso índio tem nome?! — pilheria o sujeito.

— É um menino pequeno e magrinho? — pergunta, ansioso.

— Sei lá! Veja o senhor mesmo, se é que consegue! — responde o tripulante de maus-bofes.

O rapaz vai afastando com os braços a cerca humana que se formara em torno do autor dos gritos, que não cessaram um só instante e já se assemelham ao guinchar desesperado de um filhote de onça prestes a ser agarrado pelo caçador.

Quando, enfim, termina a difícil travessia, depara-se com esta lastimável cena: parecendo mais franzino do que nunca, nu em pelo e exposto como um ladrão apanhado em flagrante, o menino está amarrado a uma cadeira na qual o obrigaram a sentar-se. O grito ininterrupto do pequeno transformara-se num urro lúgubre que parecia expressar, ao mesmo tempo, terror e ódio.

Ao vê-lo, o menino parou de gritar e seus olhinhos transluziram de esperança. Estranha coisa também se produziu com o rapaz, cujas narinas se congestionaram; um nó aperta-lhe a garganta e os olhos formigam, prestes a lacrimejarem. O rapaz corre para o menino e desamarra as cordas que o prendem à cadeira.

— Deixe aí o ladrão, não faça besteira! — grita um tripulante tentando detê-lo.

— É meu irmão! — lhe diz o rapaz.

— Irmão?! Então por que deixou que roubasse?

— Desculpe-me, senhor. Quanto devo pagar para livrar o menino? — pergunta.

— Primeiro pague a passagem do pirralho, que vinha clandestino! — grunhe o homem.

O rapaz tira o dinheiro do bolso e entrega ao energúmeno, o qual, ainda que satisfeito, esbraveja:

— Se ele voltar a roubar, jogo-o n'água!

— Não se preocupe, senhor; garanto-lhe que não fará mais isso — diz, segurando a mão do menino.

— Cuide do seu larápio! — ainda ouve uma voz esganiçada, de velha, gritar.

Sob os olhares hostis dos companheiros de viagem, voltou para sua rede. Durante o percurso, abrindo caminho por entre o cipoal de redes, o menino segurou firme a sua mão.

— Viste, amigo?! Todos ficaram bravos contigo! Não sai de perto de mim! — diz o rapaz, num tom a um tempo severo e amigo. — Dorme na minha rede até de manhã, pois nela só cabe uma pessoa; ao amanhecer, comprarei outra rede para mim — completa, erguendo o pequeno pelas axilas, e assim o coloca na rede.

Nos olhos do menino a costumeira altivez foi substituída pelo medo. Vendo-o no fundo da rede, encolhidinho, parecendo ainda menor do que era, o rapaz sente que o menino quer agradecer, mas não sabe como, apenas o olha, bobo, enlevado, palpitante, num silêncio ao túmulo parecido.

Como que esquecido de seu infortúnio, em vez de tristeza, os olhinhos do menino tinham a profundidade marinha e o espaço azul das almas ainda não conspurcadas. Mas essa paz durou apenas um brevíssimo instante. Quando o rapaz, movido por um sentimento de grande compaixão pelo pequeno, encurvou-se sobre a rede e o abraçou, lágrimas rolaram pelo rostinho sujo e soluços estrangulados escaparam-lhe do peito.

— Desgraçado! — ouve o menino dizer, quando já se erguia.

— Quem é *desgraçado*? — pergunta, surpreso, o rapaz.

— O dragão — explica o pequeno.

— Ah, sei... O dragão que matou teus pais...

— Um dia eu mato ele! — diz o menino, rilhando os dentes.

Dos olhinhos chorosos partem setas envenenadas de ódio, um ódio negro, denso e ressentido, que escorre como um rio espremido entre rochedos.

O rapaz pede a um companheiro de viagem que lhe permita sentar sobre uma caixa que fazia parte da sua bagagem, e aí resolve passar o resto da noite. Antes de se ajeitar sobre a caixa, retira o seu cobertor do saco e arruma-o sobre o pequeno, pois um vento frio entrava pelas escotilhas e varria as redes, fazendo os passageiros se encolherem. O menino já devia estar muito doente, pois se entregou aos cuidados do rapaz sem qualquer resistência.

— Dorme, amiguinho, estou ao teu lado — diz-lhe, sentando-se na caixa.

— A rede dá pra nós dois! — balbucia o menino.

— Não, amigo! A rede é pequena e precisas dormir; ajeito-me sobre a caixa! — tenta em vão convencê-lo, pois o pequeno segura a sua mão de modo tão firme, que não encontra maneira de retirá-la.

Apesar do desconforto da posição, senta ao lado do menino, resolvido a esperar que mergulhasse no sono, mas a mão do menino suava dentro da sua, e, como se quisesse dizer algo, mirava-o fixamente com um brilho ensandecido nos olhos. Em dado momento, o menino pediu-lhe:

— Papai, pega um passarinho pra mim?

Para fazer o gosto do menino só precisava comprar um dos pássaros que um contrabandista levava para a capital, mas, quando perguntou se o pequeno queria o pássaro, parece que não lhe ouviu. Escutou, em seguida, uma estranha canção que falava de despedida. Dentro dessa canção, uma voz parecia pedir: "Papai, me leva de volta ao jardim?".

Ele ainda não conhecia o sentido profundo da palavra "jardim". Talvez por isso chegou a pensar que nem o menino, nem música, nem nada existiam e talvez tudo resultasse da sua imaginação enfermiça.

Lembra-se de um mito sul-americano no qual um menino pede ao pai que lhe traga um passarinho. Quando o pai, sem querer, mata o passarinho, morre também o menino.

Um pensamento, que lhe pareceu lógico e logo depois se afigurou estapafúrdio, vem-lhe à mente: "Vou comprar o pássaro do contrabandista; se o menino se alegrar, é que ele existe; do contrário, ficará indiferente". Mas não consegue se afastar do menino, cuja mão segura a sua como uma pequena tenaz.

— O dragão quer me pegar, não me deixa sozinho! — diz o pequeno.

— Acalma-te, amiguinho; o dragão anda muito longe — tranquiliza o rapaz.

— Não mente pra mim; o dragão está bem aqui! Não escutas ele rosnando? — insiste o menino, com os olhinhos febris.

"É o ronco do motor do barco, amigo. Dragão não existe!"

O rapaz diz isso e se desespera. Na verdade, fala para si mesmo, pois o menino dorme placidamente. Olhando-o assim, pergunta a si mesmo: "De onde ele veio e para onde vai? Quem é esse menino que se parece tanto comigo?"

02. DENTRO DE UM BREJO

"Dominava-me a impressão de ter sido projetado
numa fossa escura, em que os homens se
agitassem como vermes cegos, procurando tão
somente esquecer a realidade."
Máximo Gorki
(*As minhas universidades*)

Acontecia que, toda vez que alguém lhe falava sobre o pai que não conheceu, lembrava de uma história que a mãe lhe contava, em pedaços, embaralhando os episódios, talvez querendo com isso disfarçar a importância que a história tinha para ela (ou para ele?).

A história falava de um menino entregue pelos pais, ainda bem novinho, aos cuidados do padrinho ([3]), fazendeiro do Rio Amazonas, chamado Teodoro, que o levou para a Ilha dos Patos ([4]), onde o velho tinha uma casa grande de madeira, coberta de telhas, avarandada, muito alta, para não ser afogada pela enchente que todos os anos inunda as várzeas do grande rio.

[3] Padrinho: Pessoa em geral poderosa, a cuja proteção os pais pobres da Amazônia confiam seus filhos, resultando entre os pais e o "protetor" uma relação de "compadrio", em que o protegido é "afilhado". (N. do E.)

[4] A Ilha dos Patos é um torrão de várzea, que se forma durante o verão, no Lago Grande, município de Santarém, de onde se origina a família Sena. (N. do E.)

Num daqueles invernos diluvianos, fugindo das grandes águas, o velho foi com os bois para a *terra-firme* ([5]), mas deixou na ilha o filho mais velho, o Antônio, com a incumbência de cuidar dos carneiros, das galinhas, dos patos e animais menores.

E assim, o pequeno e frágil menino ficou só, naquele ermo, com o forte e malvado Antônio. Um dia, Antônio derrubou o menino no chão e, com a palmatória que tinha um buraco no meio, bateu na sola dos pés do coitado, uma, duas, três, muitas vezes, sem motivo, só pelo prazer de bater. O pequeno chorou e esperneou, mas Antônio segurou-o com uma mão e bateu com a outra; bateu tanto, tanto... que o menino, já sem sentir os pés, parou de chorar e esperou que o outro se cansasse. Vendo que prendia o choro, Antônio se zangou e continuou a bater, cada vez mais forte, até que o menino voltou a chorar. Antônio então soltou uma gargalhada e largou-o, mas continuou nervoso, sossegando apenas quando voltou a bater.

No outro dia, foram pescar, Antônio e o menino, sozinhos, dentro da canoa. Na volta, de repente, sem quê nem pra quê, Antônio olhou para o *curumim* ([6]) fixamente, de um jeito esquisito, parecendo já outra pessoa, e parou de remar, soltando a seguir uma risada estridente. Lázaro — era esse o nome do menino — pressentiu o que ia acontecer, mas não tinha para onde correr, a canoa não passava de um ponto entre céu e água. Sentindo-se um ninguém, Lázaro esperou, enquanto Antônio, à sua frente, ia crescendo, crescendo... Não compreendia por que aquilo tinha que acontecer.

"Qual a minha culpa? O que eu fiz? Foi pra isso que eu nasci?", se perguntava o pequeno Lázaro, olhando para as águas turvas do lago e pensando em lançar-se fora da canoa, mas tinha apenas cinco anos e mal sabia nadar.

[5] Terra que as enchentes dos rios não conseguem inundar durante o período das grandes chuvas, que acontecem anualmente, de janeiro a junho. (N. do E.)

[6] Curumim: moço, menino, em tupi.

Como que adivinhando o pensamento do menino, Antônio largou o remo e esticou o braço na direção do pequeno, que se encolheu todo mas não pôde evitar que o outro lhe agarrasse os cabelos.

Antônio jogou Lázaro dentro d'água e este foi lá no fundo e voltou batendo os braços, mas logo afundou novamente sob a forquilha de um varejão que Antônio meteu em seu pescoço e segurou um tempão lá no fundo, depois afrouxou. O menino voltou à tona quase morto, mas Antônio empurrou e afrouxou, empurrou e afrouxou. Lázaro afundava e boiava, afundava e boiava, passando-se nisso muito tempo, até que Antônio se cansou de afogar e puxou o menino pra dentro da canoa. Mas Lázaro não teve sossego. Enquanto respirava, Antônio abaixou o calção, defecou dentro da cuia e jogou-o no fundo da embarcação; depois botou um dos pés sobre o seu pescoço e forçou-o a abrir a boca, enfiando o excremento para que o comesse, mas Lázaro trancou a garganta e não engoliu. Antônio tornou a jogá-lo dentro d'água e pôs-se a afogá-lo com a forquilha. Lázaro afundava e voltava, afundava e voltava...

Antônio ia matar Lázaro mas a canoa, à deriva, aproximou-se do capinzal da margem, e Lázaro, reunindo todas as forças, bateu seus bracinhos por baixo do capinzal e nadou até boiar lá na frente, no meio do capim.

Antônio gritou:

— Lázaro! Seu filho duma puta! Onde estás? Vem pra cá senão te mato!

Apenas com o nariz de fora, sentindo a corrente fria por baixo de si, mal escutando os gritos, Lázaro se perguntava "E agora? O que faço?", quase morrendo só em pensar que debaixo do capim moravam *sucurijus* ([7]) gigantes, capazes de engolir uma pessoa inteira, mas pouco a pouco foi se acalmando.

---

[7] Do tupi: "*Suku'riju*". Cobra de grandes dimensões, desprovida de peçonha, das regiões de grandes rios e pântanos do Brasil, chegando a medir 10 metros de comprimento, e alimenta-se de peixes, aves e mamíferos, que engole após triturar os ossos por compressão muscular.

Antônio havia parado de chamar e, à procura de Lázaro, enfiara a proa da canoa no capinzal. Criando coragem, Lázaro foi nadando por baixo do capinzal; nadava e boiava, nadava e boiava, deixando de fora apenas o nariz.

Pensando que Lázaro havia morrido, Antônio parou de bater no capinzal e se aperreou. Como explicaria ao pai a perda do afilhado?

Enquanto isso, Lázaro seguia nadando. Mergulhava e respirava, mergulhava e respirava, a esmo, sem saber qual rumo tomar, parecendo que o capinzal nunca ia acabar. Já escurecia, sapos coaxavam por todos os lados. Cada vez que um capim relava em seu corpo, pensava que era uma sucuriju e estremecia, mas não parava de bracejar, tinha que sair do capinzal.

Essa lembrança devia afetar o aspecto do rosto do rapaz toda vez que ele, anos depois, contava essa história a alguém, pois o interlocutor olhava-o de um jeito diferente e perguntava o que estava acontecendo.

— Nada, apenas uma coisa à toa, que eu nem sei de onde vem — respondia, fingindo estar tudo bem.

Na verdade, ao pensar no pai que não conheceu e na caótica história do menino Lázaro, sentia-se muito triste, como se a sua vida fosse um imenso capinzal, do qual jamais sairia.

"Por que mamãe vive me contando essa história? Afinal, quem é Lázaro?", ele se perguntava, sem conseguir tirar a história da sua cabeça, como se dormisse e acordasse todos os dias dentro de um brejo, chegando a pensar que estava enlouquecendo, até que certa noite, em sonho, sentiu que sentava em sua rede e, de repente, viu-se transportado a um longo e pálido corredor de hospital, onde palavras e gemidos se misturavam.

"Mamãe está aí?", perguntou a uma mulher vestida de branco que saía de um dos quartos.

"Acaba de chegar", respondeu a mulher, dirigindo-se para o fundo do corredor.

Aproximou-se da porta do quarto e ouviu uma voz de homem dizer:

"O caso dela é gravíssimo; o coração talvez não resista".

"O rapaz está aí fora", informou uma voz de mulher.

"Faze-o entrar", disse o homem.

"Entra, moço! Ela te chama!", falou a mulher, pondo apenas a cabeça fora da porta.

Tentou andar, mas as pernas não lhe obedeceram.

"Entra, moço! Escuta a tua mãe, enquanto ainda pode falar!", alguém ralhou.

Tateando a escuridão do quarto, o rapaz saltou da rede e veio para junto da mãe.

"Meu filho!", disse-lhe a mãe, as palavras saindo como bolhas de seu peito. "Tua mãe vai-se embora, mas Deus fica contigo!"

"Não fala assim, mamãe! Haverás de viver!", retorquiu-lhe o rapaz, com a voz embargada.

"Não, filho, estou no fim, segue o teu caminho", disse a mãe, com extremo esforço.

"Mãe, te levarei comigo aonde eu for", prometeu-lhe.

"Vem cá", chamou a mãe, mal levantando os braços. E se abraçaram.

Alguns vizinhos fizeram um círculo em volta da moribunda; imagens fantasmagóricas movimentaram-se no teto do casebre; ouviram-se suspiros consternados.

"Não vai ainda, mamãezinha! Preciso tanto de ti!", implorou.

"Não te desesperes. Quando todos os caminhos te parecerem fechados, lê este papel", disse-lhe a moribunda, enfiando algo em seu bolso.

Eram 3 da madrugada quando a mãe, em seus braços, deu o último suspiro. Às 16 horas do dia seguinte continuava insepulta, já que os vizinhos eram tão pobres quanto eles e — embora não suportassem o odor que já começava a emanar da defunta — não tinham dinheiro para adquirir o caixão. Só lá pelas 17, à tristonha hora em que os pássaros se dirigem aos seus poleiros, um filantropo (cuja identidade o rapaz jamais descobriu) enviou um ataúde para a desvalida, que foi levada às pressas ao cemitério, por um minguado séquito, através das ruas sujas e esburacadas da pequena Santa Irene ([8]).

"Só, completamente só, é assim que estou", pensou ele, quando, após a última pá de terra lançada sobre o caixão e depois de o consolarem, os vizinhos retornaram, de um em um, às suas casas, deixando-o sentado sobre uma das sepulturas, com a cabeça entre as mãos e o cotovelo apoiado nos joelhos, ouvindo apenas, além dos próprios pensamentos, o lúgubre piar dos pássaros nas árvores do cemitério.

De modo desordenado, de trás para frente e da frente para trás, sua mente ia e voltava, detendo-se às vezes nalgum ponto da sua vida — insignificante, certamente, mas que, na angústia daquele momento, sem quê nem pra quê, ganhava surpreendente relevo. Seu pensamento girava e girava, e terminava voltando ao ponto que parecia ancorar a sua pobre existência: a mãe morta, o pai que conhecia apenas por ouvir dizer (e aí se lembrava de Lázaro, o menino abandonado!).

Ainda sentado na sepultura, já completamente envolvido pela escuridão, perguntou a si mesmo: "Para onde vou agora?". A noite caíra completamente sobre o cemitério, já pouca ou nenhuma diferença fazia estar com os olhos abertos ou fechados. Um vazio anterior às suas mais antigas lembranças instalara-se em seu coração, e nem mesmo a presença da mãe, nos últimos anos, conseguira preenchê-lo. Sentia esse vazio crescendo, crescendo, até se converter num imenso buraco, onde ele ia caindo, caindo, até encontrar, lá no fundo, imenso capinzal, no meio do qual, como se ele fosse aquele menino abandonado, mergulhava e boiava, mergulhava e boiava, deixando de fora apenas o

[8] Como era chamada a cidade natal de Nicodemos Sena, até passar a chamar-se Santarém, corruptela de "Santa + Irene". (N. do E.)

nariz, a fim de que o Antônio, o demônio em forma de homem, não o descobrisse. Lembrou-se das leituras diárias das Sagradas Escrituras, que a mãe lhe fazia, no começo do dia. Ela gostava, em especial, do Livro da Sabedoria: "Porque do nada somos nascidos, e depois desta vida seremos como se nunca tivéramos sido. A respiração nos nossos narizes é uma fumaça; e a razão uma faísca para mover o nosso coração. Apagada ela, será o nosso corpo reduzido à cinza, e o espírito se dissipará com um ar sutil, e a nossa vida se desvanecerá como nuvem que passa, e se dissipará como um nevoeiro, afugentado pelos raios do sol, e oprimido pelo seu calor".

No meio da escuridão, ainda ouve os gritos de Antônio: "Lázaro! Lázaro! seu filho da puta! Onde estás? Vem pra cá senão te mato!".

Segue nadando. Mergulha e nada, boia e respira; mergulha e nada, boia e respira, a esmo, sem saber qual rumo tomar, o capinzal parecendo nunca acabar. Sapos coaxam por todos os lados, estremece, mas não para de nadar, tem que sair do capinzal. Mergulha e nada, boia e respira... até que, extremamente cansado, o queixo tremendo, tiritando de frio, olha para o alto e só então se dá conta de que já é noite completa.

Como imensa bacia crivada de furos, milhares de estrelas piscam lá no Céu. Por um instante ele tem a impressão de que não está mais ali, na solidão mais pavorosa e absoluta, mas flutua no espaço, livre do seu próprio corpo. E assim fica por muito tempo, olhando as estrelas, até que, sentindo a terra debaixo dos pés, levanta-se e, cuidando para não tropeçar nos túmulos, começa a sair do cemitério. Sente o mundo inteiro diante de si, como um pequeno grão na balança ou como uma gota de orvalho que cai na terra antes da aurora. "Estou só, completamente só".

Sem pai, sem mãe, sem irmãos, enfim, sem uma família; com quem se informará sobre a sua esconsa origem? Com quem se aconselhará nas noites de desespero ou nos dias maus?

“Não te preocupa com isso, meu filho”, a voz doce da mãe veio-lhe em socorro. “Lá do Céu, Deus tudo vê e sente. Porque ele ama tudo o que existe e não aborrece nada do que ele fez; porque, se aborrecesse alguma coisa, não a teria estabelecido nem criado. Deus perdoa a todas as criaturas porque são dele. Ele ama todas as almas e sofre pelas que o rejeitam”.

As estrelas, lá do Céu, dizem-lhe: “Anda, segue em frente, tenha bom ânimo, não desanima! Ainda que todos te abandonem, estaremos sempre contigo e nem todo o capinzal do mundo poderá te sufocar, água nenhuma te afogará, vai sem medo, porque nós te alumiaremos”.

Na história que a mãe lhe contava, Lázaro olhava para as estrelas e agradecia; as estrelas sorriam para o menino. Na história da sua merda de vida, as estrelas também eram suas amigas. Na linha do horizonte a estrela Vésper indicava-lhe a saída. Como se fantasmas o perseguissem, arrepia-se e, saltando sobre os túmulos, corre para a porta do cemitério pensando em matar-se. Pela primeira vez se sente possuído por esse desejo atávico que se tornou comum entre os elementos do povo oprimido. Dá por si correndo na direção do rio. Enquanto corre, a mente fatigada só consegue se fixar na história sem pé nem cabeça de Lázaro, que amiúde lhe vem de maneira fragmentada, tendo ele incontáveis vezes montado e remontado os episódios. Como se ele e o menino fossem uma só pessoa, vai chapinhando no capinzal, com água pela cintura, com medo de que o Antônio viesse ao seu encalço.

Completamente nu, pois o calção caíra do seu corpo, corre pelo pasto até que os pés tocam na terra; e segue a esmo, sem se importar com os cortes que lhe fazem as afiadas folhas do capim. De vez em quando um pé afunda num buraco, então cai, mas logo se levanta e põe-se de novo a correr. A terra, debaixo de seus pés, não lhe parece algo físico, como se estivesse no meio de um lodaçal, e esse sentimento ainda hoje o asfixia.

03. A NOITE DENTRO DE UM CAROÇO

> "Eu conheço os rios bravos, esses rios traiçoeiros;
> sei como eles andam, como crescem,
> que força eles têm por dentro;
> por que lugares passam
> suas veias."
> José María Arguedas
> (*Os rios profundos*)

A noite já ia avançada quando Lázaro escapou do capinzal e varou na fazenda do *seu* Tote Aquino. Vendo o seu estado, o fazendeiro perguntou o que lhe aconteceu. Diante dele, da mulher e dos filhos, encolhendo-se de frio e vergonha, Lázaro contou a sua desdita, enquanto era acolhido com muito carinho.

"Bom mesmo era o *seu* Tote Aquino", balbucia o rapaz, subindo, às apalpadelas, a escura e empoeirada escadaria do velho castelo. Em ruínas, meio inclinado sobre o rio, o castelo mais parece um esqueleto fantasma ([9]).

---

[9] O autor se refere ao famoso Castelinho construído em Santarém, às margens do rio Tapajós, por um "coronel de barranco" (dono de seringal) na época áurea do ciclo econômico da borracha na Amazônia (1870-1910), o qual resistiu ao abandono até 1966, quando um Alcaide destrambelhado mandou demoli-lo. (N. do E.)

Muitas vezes estivera ali, com os colegas de escola, de tardezinha, após as aulas. Muitas vezes, com uma alegria do tamanho do mundo, correu pela rua que nem louco e, galgando de dois em dois os degraus que levam à torre do castelo, conseguia ser o primeiro a saltar de ponta-cabeça nas águas do rio!

Agora se vê só e triste; cada lance da escada parece-lhe um suplício. Ao chegar ao topo, onde os garotos postam-se para dar o seu pulo, senta-se sobre uma pedra e observa a cidade mal iluminada lá embaixo, as ruas cheias de valas, que sobem suavemente do rio e alcançam o amplo platô onde a selva começa. Volta-se para as águas azul-profundas do rio, o "seu rio", cujo leito, à sua frente, sob o manto plúmbeo da noite, é apenas uma sombra mais densa, riscada de vez em quando pelo farol d'alguma embarcação maior ou pela lanterna de algum *bote* ([10]).

Por um instante os seus olhos, como que saindo das órbitas, afundam-se na penumbra, e ele experimenta uma indescritível sensação de alívio.

"O que mesmo vim fazer aqui?", se pergunta.

E uma voz lhe responde:

"Dormir viemos, mas aqui não há noite, dia somente há, noite adormecida no fundo está".

Não enxerga o rosto de quem fala, mas conhece o dono da voz.

"Noite num caroço é, mas caroço no fundo do rio está", torna a voz.

"James!", exclama. "Sim, só pode ser o James, pois quem mais falaria desse jeito desconcertado?", termina pensando. "James? És tu?", pergunta.

"A noite está num caroço, mas caroço no fundo da água está, fechado", diz James, a quem ele agora vê, a dois passos de si, de cócoras, na penumbra.

"O que fazes aqui?!", pergunta.

[10] Pequena embarcação escavada num único tronco de árvore.

"Na mão minha, caroço. Noite dentro do caroço está. Manhã vindo. Vou dividir o dia da noite. Queres?", pergunta James, o primeiro garoto viciado em maconha do qual se tem notícia em Santa Irene.

Lembra-se de James, durante o recreio, afastado de todos, de cócoras, atrás do tronco de um cajueiro, no fundo do terreiro do colégio, fumando um cigarro que ele mesmo enrolava e que um dia lhe ofereceu.

"Deixa a cabeça leve, a gente vendo coisas. Experimenta!", diz James.

"Eu não fumo", responde.

"Não é cigarro e nem vicia; a gente puxa quando quer ver coisas boas; é como se a gente sonhasse acordado. Vê como é bom!", insiste o garoto.

Sentindo o cheiro adocicado que se desprende do cigarro, mais forte que o do incenso, diz "não" prontamente.

"Sei. Ui, ui... Tens medo. Ui, ui... do desconhecido, não é? Te entendo mas não compreendo. Vem, não teme nem treme. Vê, eu puxo... Ui, ui, e estou bem...", insiste James, com os olhos injetados e as pupilas dilatadas, dando uma funda tragada.

"Obrigado, mas não quero".

"Compreendo. Desejo do que não quer, medo de afundar no escuro do sonho, na paz do caroço, dá vergonha. Mas é o único caminho. Vem. Entra!", diz James, estendendo-lhe o cigarro.

"Não, obrigado", repete.

Não pode aceitar. Recorda as palavras da mãe, repetindo as Escrituras: "O diabo, filho, um dia vai te tentar. O danado chegará de mansinho, com voz suave e melosa, e te dirá: — Vinde, pois, e gozemos dos bens presentes e apressemo-nos a usar das criaturas como na mocidade. Enchemo-nos de vinho precioso e de perfumes, e não deixemos passar a flor da primavera. Coroemo-nos de rosas, antes que murchem; não haja prado algum em que a nossa intemperança se não manifeste. Nenhum de nós falte às nossas orgias. Deixemos em toda a parte sinais de alegria, porque esta é a parte que nos toca, e esta é a nossa sorte. Mas não lhe dês ouvido, filho. Ele chega com cara de homem bom, às vezes é um menino ingênuo, mas na verdade é mentiroso e malvado, que vive de atrair os homens para a escravidão. Foge dele, filho, e não fala os teus profundos pensamentos em voz alta, para que o tinhoso não os escute, pois ele não pode ler os pensamentos mas grava tudo o que fazemos ou dizemos."

"Tudo bem; quem sabe se um dia ainda vais me pedir", diz James, retornando com o amigo, meio cambaleante, para a sala de aula.

Pelo resto da tarde, James quedou-se em sua carteira, alheado de tudo e de todos, tossindo de vez em quando. Continuou a fumar maconha nos dias seguintes, à vontade, pois nessa época as drogas ilícitas ainda eram um tema remoto em Santa Irene, que a ninguém empolgava, de modo que o caso só despertou a atenção quando James passou a ficar as tardes inteiras debaixo do cajueiro, já não só, mas acompanhado por outros garotos, o que levou a direção da escola a chamar o pai de James, um antropólogo de São Paulo que desenvolvia pesquisa numa aldeia indígena do alto Maué-açu, entre o Pará e o Amazonas. Depois de ouvir o relato dos professores, o pai fez a sua "mea culpa" ao reconhecer que não vigiara suficientemente o filho nas vezes em que o levara à aldeia, onde o garoto experimentou a *diamba* ([11]) e aspirou o *ipadu* ([12]), que os pajés usam para estabelecer contato com as divindades.

Tão rapidamente James viciou-se nessas substâncias que, ao esgotar-se o estoque que ocultamente trouxera da aldeia, caiu em

[11] Diamba: é assim que os índios *maué* chamam a "maconha", que passaram a cultivar após o contato com os escravos trazidos da África, em substituição ao *paricá* (palavra tupi que quer dizer "árvore com que se faz o cercado para peixes"; em sentido figurado, "peixe" pode ser entendido como "sonho", daí que *paricá* também significa "árvore dos sonhos"). (N. do E.)

[12] Ipadu: arbusto cujas folhas, depois de torradas e socadas, transformam-se num pó de coloração verde e pouco espesso, que os índios mascam diariamente, ou aspiram, como o civilizado o faz com a cocaína, substância dele extraída. (N. do E.)

profunda depressão, da qual só se levantou quando, de São Paulo, através da Empresa dos Correios e Telégrafos, chegaram-lhe os pacotes de maconha e cocaína que antigos colegas, a seu rogo, remeteram-lhe.

Em vão a direção da escola, com ajuda de um médico e um psicólogo, tentou recuperá-lo. Afastado e sempre vigiado, James tornou-se um estorvo para os professores e uma preocupação para os pais dos outros alunos, que temiam pela integridade psíquica de seus pupilos. Alguns destes, de fato, já enredados pelo vício, foram transferidos, como medida profilática, para outras escolas, o que mais tarde se revelou um equívoco, pois a dispersão dos viciados só propagou o flagelo. Com o aumento do consumo e a ausência de produção local da droga, James tornou-se o primeiro traficante da cidade.

No começo, ninguém suspeitou de nada. Tirando os dias de exame, quando, para ficar mais "ligado" ([13]), cheirava cocaína e tornava-se agitado, a respiração de James era lenta e suas pálpebras macilentas, como as de alguém que tivesse dormido por muito tempo e ao despertar continuasse dormindo.

Ao vê-lo lutar momentaneamente contra o sono, proferindo palavras, frases e períodos de modo desconexo e arrevesado, o rapaz teve compaixão de James.

"O que é este barulho? Vamos ver?", James lhe dizia, apurando os ouvidos. "Eles longe muitíssimo já quando se ajuntaram da canoa meio em abrir do *tucumã* ([14]) caroço, ver para o que estava dele dentro", continuava dizendo, olhando para ele, mas era como se nada estivesse vendo ou visse muito além. "Ai! Nos perdemos! Vês? Eles abriram quando, repentinamente, noite densa. Vem!", prosseguia James. "Remai! Remai! Vamos embora, irmãozinho, dentro do caroço pra!", dizia,

---

[13] Gíria entre os usuários de drogas, que significa "estar atento, estar em contato".

[14] Tucumã: palmeira espinhosa que cresce na planície amazônica. Segundo a lenda indígena "Como a noite apareceu", em nosso mundo só havia o dia; a noite depois foi enviada dentro do caroço do *tucumã*.

lento e sereno, mas nos olhos fundos e nas dilatadas pupilas prendia-se um grito. "O barulho, eles ouvindo estão, mas não sabem; pena que ouvidos não ouçam, os ouvidos", seguia dizendo. Com os olhos faiscando, sussurrava: "Vamos pra baixo do cajueiro? Lá a noite puxamos pra fora ou no caroço entramos. Vem!"

Amarelados de tanto esfarelarem fumo nos papelinhos, os dedos de James tremiam como a língua de um faminto diante de um prato de comida.

"Dentro do caroço noite linda. Aqui noite sem sonho, vida de inferno caroço de vida", diz, de cócoras, ao seu lado.

"Não é possível! James não está aqui, o pai levou-o para São Paulo", é o que pensa, enquanto James prossegue: "Eu tu aqui dormir, noite adormecida no caroço. Eu assobio *fiu, fiu, fiu* e atrás do assobio entro pelo buraquinho do caroço. Vem, *fiu, fiu, fiu*... atrás do assobio".

"Será que estou louco?", pensa.

"A realidade traz coisas que não voltam mais", ouve o outro dizer, como que lendo o seu pensamento, mas, reparando na frase bem coordenada, desconfia de que já não é James quem fala.

"Noite pra descansar; noite no caroço está. Abro o caroço", diz James, pondo na boca um coto de cigarro. Riscando o fósforo, pergunta: "Aceita?".

"Não".

"Há um jeito mais fácil de entrar no caroço", diz James, encovando as bochechas.

"Qual?"

"Ui, ui, irmãozinho. Ui... Fica de pés e olha do rio pro fundo", ordena-lhe James e põe-se ao seu lado. "Vendo estás o caroço, embaixo lá?", pergunta, esvaziando os pulmões até tossir.

"Onde?"

"Lá!", aponta James. "Eu já dentro do caroço. Vês? Pra junto vem. Pula!", sugere.

O rapaz inclina-se para a massa plúmbea do rio, onde tantas vezes, exultando de alegria, havia pulado, mas não vê nem caroço nem James.

Então, quebrando o silêncio, a mesma voz que lhe estivera falando diz:

"Manhã vindo está, soltaram a noite e o caroço se abriu. Pula!"

O perfume nauseabundo ainda denuncia a presença de James, mas ele havia desaparecido.

"James, onde estás?", chama o rapaz. Para seu espanto, escuta a voz saindo do seu próprio peito: "Ui, ui, irmãozinho, manhã vindo; salto pra dentro do caroço". E outra voz ordena: "Vai, pula! Nenhum osso teu será quebrado ([15]), pois a Vida é Una e Indivisível, homem e Espírito vivem integrados. Deixa que nasça o homem-perfeito que vive em ti".

Para que, em vez de cair nas águas do rio, se esborrachasse sobre as rochas que se amontoavam ao pé do castelo, ele só precisava arredar-se um pouquinho para a esquerda. Chega a arredar-se, mas, quando vai saltar, uma voz fininha lhe fala:

"Se te lançares contra as pedras, quem saberá que eu existi?"

No lugar onde estivera James, o rapaz vê um curumim mirrado, com um olhar muito antigo.

"Quem és tu?", pergunta-lhe. "Sim, és Lázaro, agora te reconheço", pensa o rapaz, lembrando do menino do porão. "O que fazes aqui?", pergunta-lhe.

"Sou Lázaro, de quem tua mãe te falava", responde o menino. "Ela me pediu que viesse te lembrar do papel que ela pôs em teu bolso".

Esquecendo-se momentaneamente do sombrio propósito que o trouxera ao velho castelo, volta a sentar-se sobre a pedra e retira o papel do bolso. Diante de uma enfraquecida réstia de luz

[15] O autor reflete em seus textos o conflito étnico-cultural entre a Europa civilizada e a América selvagem, colocando lado a lado mitos indígenas, greco-romanos e hebraicos. "Nenhum osso teu será quebrado", por exemplo, parece inspirado no Evangelho de São João, capítulo 19, versículo 36: "Nenhum dos seus ossos será quebrado". (N. do E.)

que chega da rua, consegue ler: "Rua Ernesto Giuliano, 324, São Paulo".

"O que isso significa?", pergunta.

"É pra onde deves ir", diz Lázaro.

"Mas nunca saí de Santa Irene; o que farei em São Paulo?!", quis saber.

"Não desejas ser escritor?", torna Lázaro.

"Sim, quero ser escritor".

"Então vai para São Paulo e enfrenta o desconhecido, realiza o teu sonho. Tua mãe, onde estiver, estará feliz".

"Como tu e mamãe se conheceram?"

"Ela me conheceu antes de eu ter nascido".

"Como foi isso?"

"Tu mesmo deves descobrir".

"Como descobrirei, se mamãe, a única pessoa que falava de ti, já morreu?!"

"A resposta descobrirás em ti mesmo, mas sei de coisas que precisas saber para que te tornes um verdadeiro homem".

"O que sabes que eu não sei?"

"Coisas que tua mãe queria te contar e não teve tempo, e outras, que te contou e não compreendeste. Pedaços da minha história perderam-se em tua memória".

"Podes contar?", pediu-lhe o rapaz, já esquecido de que pouco antes queria dar cabo de sua própria vida.

"Então ouve com muita atenção".

E Lázaro, o "menino do porão", que era ao mesmo tempo tão diferente e tão parecido com este que lhe ouvia, contou a sua história.

04. ESTRANHO MUNDO

"Agora passaram uns instantes em que a
imaginação, como inseto noturno, saiu da sala
para recordar os gostos do verão e voou distâncias
que nem a vertigem nem a noite conhecem."
Felisberto Hernández
(*O cavalo perdido*)

Começou perguntando se o rapaz se lembrava dos dias que passaram juntos na casa de um fazendeiro chamado Pajurá, homem malvado, que tratava o gado e os seus doze filhos da mesma maneira. "Tu estavas lá, na casa do Pajurá, lembras?". E o rapaz acabou dizendo que se lembrava, ou pelo menos procurou imaginar que se lembrava, pois qual a diferença entre lembrar e imaginar? Onde termina a sanidade e começa a loucura? Qual a relação entre memória e esquecimento? Chegou a pensar que estava louco, pois, querendo esquecer o passado, refugiava-se na imaginação, e isso não o agradou. "Não adianta fugir; a imaginação não é mais do que a memória enlouquecida", pensou. Os fatos, ainda que imaginários, afiguravam-se melancólicos e sombrios, como se essa voz que relata a história de Lázaro saísse do seu próprio peito, lambuzada de sangue, espuma e cólera.

A casa ficava no meio do campo, longe do porto, para onde o Pajurá mandava o pessoal buscar água em baldezinhos de cuia. Ninguém escapava do velho, muito menos ele, barrigudinho, empombado, cheio de vérminas, com água pela canela, choramingando sob o peso do balde.

"Mamãe! Quero mamãe...", chamava ele, sem saber quem era a sua mãe, pois estava sem ela desde que se viu no mundo. Sabia que a mãe não ia aparecer, mesmo assim chamava: "Mamãe! Quero mamãe!"

Chamava baixinho, pois, se o Pajurá ouvisse, logo gritava: "Queres tua mãe, *tapuinho*? ([16]) Ela está aqui. Vem aqui com ela!". E, quando o menino subia do porto, o velho surrava-o com prazer, na frente de todos. Pois reinava sobre todos. Minto, sobre todos não, pois havia o Venâncio, o filho mais velho, o único que ousava enfrentar o pai, e por isso o velho se irritava com o Venâncio, mas tinha que suportá-lo, pois esse filho era o seu braço direito nos negócios.

No inverno, arriscando-se pelo meio do lago num *batelão* ([17]) à vela, Venâncio conduzia o gado para a terra-firme. No verão, trazia os animais para a várzea. Sim. Por isso o velho o respeitava; no mais, batia em todos.

A miséria naquele lugar era imensa. Os pais, querendo proteção, vinham pedir que o Pajurá fosse padrinho de pelo menos um de seus filhos. Difícil compreender por que os pais traziam seus filhos para o velho e nem por que este, sendo tão mau, recolhia as crianças.

Pajurá vivia no meio duma renque de *afilhados* ([18]) e nenhum destes escapava da *muxinga* ([19]) do padrinho, que dormia com as mulheres e os filhos na casa-grande, longe do barracão destinado aos moleques e aos empregados.

---

[16] Tapuinho: (do tupi) indiozinho manso.

[17] Batelão: espécie de grande canoa para transporte de cargas.

[18] Afilhados: na relação de "compadrio" que se estabelecia entre o fazendeiro e os pais pobres da Amazônia, os "afilhados" entregues em tenra idade ao "padrinho" (paizinho) tornavam-se serviçais do "protetor" (N. do E.)

[19] Muxinga: chicote feito de couro de boi.

O Venâncio era o único filho que não dormia na casa-grande. Para irritar o pai, preferia juntar-se aos peões, pois se opunha às malvadezas do velho, que por isso o hostilizava, quase não se falavam, e, quando isso acontecia, era só no grito.

— Venâncio, seu filho da puta, vem cá! — bradava o velho.

— O que tu queres, velho duma figa?! — retrucava na bucha o Venâncio.

Mas nunca se atracaram, até porque o velho era prevenido e andava com rifle no ombro, facão na bainha e relho na mão. Não precisava de motivos para meter o relho no lombo do moleque que se atrevesse a passar perto dele. De madrugada, gritando "acordem, seus filhos da puta!", Pajurá descarregava a espingarda para o alto e acordava todo mundo. Aturdidos e pouco enxergando, uns iam encher água, outros limpavam a vacaria e o restante ordenhava as vacas com o Venâncio. E ai que o velho pegasse alguém deitado! Metia o chicote.

Quando isso acontecia, o Venâncio, fulo de raiva, gritava:

— Ainda é noite, velho filho da puta! Deixa os homens dormirem!

E o velho fazia de conta que não escutava.

Os peões, por medo, obedeciam, sem resmungo. Mas gostavam mesmo era do Venâncio, e não do velho, pois este, além de violento, era sovina. Ordenhavam as vacas, mas não podiam beber sequer uma gota do leite; só bebiam quando o Venâncio, à noite, trazia escondido o leite que ele tirava de dia.

Havia muito peixe no lago. Talvez por isso o velho não sovinava. Bem cedo, as mulheres pegavam uma bacia grande ou um *alguidar* ([20]) e enchiam de farinha com água, e o *pirão* ([21]) logo estufava. Às 11, um pau batia num ferro, a modo de sino, anunciando o almoço. A molecada e os homens se perfilavam. A mulher mais

[20] Alguidar: do árabe: *Al-giDãr*. Vaso de barro ou de metal, baixo, em forma de tronco de cone invertido, para usos domésticos.

[21] Pirão: do tupi, *Midipirõn*. Papa grossa, de farinha de mandioca escaldada; ensopado, embebido em água.

velha do Pajurá, chamada Clotilde, atrás duma mesa com jeito de balcão, servia o peixe e o caldo numa cuia, e a concha de pirão noutra. Depois de comer, peões e moleques iam à *beira* ([22]) lavar os "pratos", voltavam ao barracão e metiam a vasilha na palha da parede.

Todo santo dia era isso. Só o Venâncio não temia o Pajurá. Se o velho chegava de madrugada e encontrava os moleques dormindo, metia — tiaaáááá! — o relho no lombo de todos.

Venâncio sentia pena do menino porque este sofria de incontinência urinária e mijava na rede toda noite. Na verdade, Venâncio era tão mau quanto o pai, e só os defendia para irritar o velho. Se fosse só o Venâncio e eles, faria o mesmo. Diante do Pajurá, no entanto, parecia bom, e isso, para eles, fazia uma boa diferença.

Certa vez, todos foram à festa, inclusive o Venâncio e seus irmãos, e os meninos ficaram sós no barracão. Tão logo os homens saíram, o velho foi até a rede de Lázaro e amarrou a sua pomba com um fio e prendeu no punho da rede, para que acordasse quando viesse a vontade de urinar. Encolhido na rede, o coitado morria de medo.

E o velho gritou:

— O filho da puta que desamarrar a pomba do Lázaro vai prestar contas comigo!

Quando Lázaro despertou, lá pelas tantas, com a bexiga estourando de cheia, pensou em desamarrar a pomba, mas lembrou das palavras do Pajurá.

O Venâncio chegou de madrugada, bêbado, e se deitou na rede, mas o choro de Lázaro não o deixava dormir? Então o Venâncio falou: — Ê, filho da puta! Quem é essa criatura que tá aí e não me deixa dormir?

— Hammm... Hammmm... — Lázaro choramingava.

Todos sabiam, mas ninguém se atrevia a dizer ao Venâncio que o velho tinha feito aquilo. Venâncio levantou-se e repetiu:

---

[22] "Beira", na Amazônia, significa "água do rio" ou "porto", em oposição à "terra".

— Quem é o filho da puta que não me deixa dormir?

Acendeu a lamparina, levantou a beira da rede do menino. Quando viu a sua situação, gritou horrorizado:

— Porra! Quem fez isto no menino?!

— Foi o teu pai — alguém informou.

Então o Venâncio gritou mais alto:

— Velho filho da puta, se és homem vem amarrar a minha pomba também!

Em seguida, puxou o facão da bainha e cortou o fio que amarrava a pomba de Lázaro. Tchiiiiiii, fez a infeliz, e o mijo esguichou molhando Venâncio, que tornou a gritar, enfurecido:

— Morre gente aqui hoje! Ou eu ou aquele filho da puta vai morrer!

Pois o velho ia criar caso; disso sabia o Venâncio.

Dito e feito. De madrugadinha, antes de ir ordenhar as vacas do curral, o velho levantou-se e veio tão certo de que Lázaro continuava preso que, quando não o viu na rede, gritou: — Quem foi o filho da puta que desamarrou o infeliz? Aparece, filho da puta!

O Venâncio, que àquela hora já ordenhava as vacas no curral, gritou: — Fui eu! E falou para o pessoal: — Hoje vai morrer gente aqui, pois quando o velho vier vem mesmo; ou ele me mata ou eu mato ele.

Pois Venâncio tinha levado um rifle de doze balas.

Havia uma ponte grande que ligava a casa-grande ao *trapiche* ([23]). Mais adiante, uma ponte menor levava ao curral. Não achando Lázaro na rede, o velho gritou, repetidamente, e foi-se para casa.

Lá pelas 6 da manhã, o Venâncio disse “olha, o velho vem!” e mandou que o Lázaro se escondesse. Depois disse à molecada que vigiava os bezerros ou carregava leite:

— Toca a se esconder todo mundo, que eu enfrento o velho; hoje não tem jeito!

[23] Trapiche: onde se descarregam as mercadorias.

Mal terminou de falar, o velho veio de lá e, já perto do curral, gritou com voz terrível:

— Venâncio!!!

E calou-se.

Todas as crianças e mesmo os homens barbados esconderam--se atrás do curral.

— Tô aqui! O que o senhor quer? — manifestou-se o Venâncio.

— Ó filho da puta, quem te deu ordem para desmanchar o pirralho? — tornou a gritar o velho.

— Desmanchei porque quis! — gritou mais alto o Venâncio. E esculhambou: — Seu filho da puta! Velho malvado!

Então o velho pegou o rifle e disse, encolerizado:

— Vou te matar, filho da puta!

O velho sabia que o filho era macho, mas não imaginava que estivesse armado. Quando disse "vou te matar!", o Venâncio se escondeu atrás do curral e apontou o rifle para o pai, gritando:

— Pode atirar, velho filho da puta! Mas se errares serás um homem morto.

E continuou esculhambando.

E não foi que o velho, surpreendido, murchou? Pois compreendeu que o filho não estava brincando. Então abaixou a arma, e a turma dele veio — a mulher, a mãe, os outros filhos, as filhas — e se abraçaram com o velho e o levaram para casa.

Naquele dia, depois de ordenhar as vacas, Venâncio disse:

— Pessoal, vou embora daqui, porque se ficar mato ou morro.

Então todos se agarraram com ele e choraram, dizendo "não vai não, Venâncio!", porque Venâncio era a única pessoa capaz de enfrentar o velho.

— Vou embora sim! — disse, já indo para o porto, onde havia três batelões. Escolhendo o menor dentre os batelões, chamou seus capangas e ordenou que armassem o barco e suspendessem as velas. Antes, porém, pegou suas coisas no barracão. Quando ia saindo, o velho, que via tudo de longe, gritou:

— O que é isso, rapaz?! Vem falar comigo!

Já dentro do batelão, Venâncio respondeu:

— Não tenho nada com o senhor. Não se meta na minha vida. Fique aí com as suas merdas!

Só se tratavam assim.

— Não, rapaz, não vai! — pediu o velho, preocupado, pois, como já foi dito, o Venâncio era o seu braço direito; os outros filhos eram uns inúteis, só bebiam cachaça.

Com o restante da família, D. Clotilde desceu a bordo e implorou ao filho que não se fosse. Venâncio, que parecia ter feito todo aquele bafo somente para espantar o velho, acabou ficando. Então o levaram para perto do velho, e este, sentado na cabeceira de uma mesa grande, na sala, disse ao Venâncio:

— Venâncio, chama todo o pessoal da fazenda: moleques, gente grande, todos!

Venâncio obedeceu, e todos vieram. O velho ordenou que se sentassem. Não havendo banco para todos, sentaram-se no chão.

— De hoje em diante — disse o velho — quem manda no pessoal, na fazenda e na família é o Venâncio; entrego-lhe todo o comando.

Nem o Venâncio esperava por tal desfecho. Ficou boquiaberto, sem saber o que dizer, até que, passada a surpresa, impôs algumas condições.

— Tudo bem — concordou o velho. — Em tudo agora és tu quem manda.

O trabalho continuou duro, mas, daquele dia em diante, tudo melhorou para peões e agregados da fazenda. Até leite já tomavam! Não que o Venâncio fosse lá grande coisa, pois, se alguém bobeava, a mão dele logo zunia no ouvido do malandro, mas ninguém reclamava. Lázaro até gostava; era como se o Venâncio fosse um pai para todos eles, mas sabiam que, quando este assumisse o lugar do Pajurá, tornar-se-ia tão mau quanto o velho. Naquele lugar, parecia direito manobrar gente como se fosse coisa. Eles aceitavam os abusos, eram muito fracos, precisavam de apoio. Só de Venâncio dormir com eles no barracão já era um conforto.

O rapaz compreendia a resignação de Lázaro diante das forças que o subjugavam, pois a vida desse estranho personagem parecia-se muito com a sua; todavia, quem era mesmo esse menino que surgiu como que do nada e cuja história se entranhava com a dele e tanto interesse lhe despertava?

05. O ROSTO PÁLIDO NO FUNDO DA ÁGUA

"O homem é um bulbo formado por cem folhas,
um tecido urdido com muitos fios."
Hermann Hesse
(*O lobo da estepe*)

Dias depois, Lázaro deu por si do outro lado do Lago, na Vila do Curuai. Acompanhara o Venâncio e seu pessoal e nunca mais voltou à casa do Pajurá.

O Curuai nessa época não passava de duas ou três ruas de terra e algumas palhoças, mas os moradores achavam-se importantes porque todo o comércio do Lago era feito lá e até tinha um Cartório — e isso, claro, deixava o pessoal do Curuai todo *pávulo* ([24]), dizendo que a vila era a "capital do Lago". Só se fosse capital da bosta de boi, pois era cercada por uma enormidade de água e terra — e gado, muito gado. Soltas no campo, as manadas entravam na vila quando bem queriam e misturavam-se pacificamente aos humanos. Cheiro de capim podre impregnava o ar e enxames de moscas levantavam-se das fezes e entravam nas casas, mas

[24] Vaidoso, no linguajar caboclo.

ninguém reclamava, muito menos o menino, que via até certa beleza nisso. Afinal, estar longe do Pajurá já era suficiente motivo de alegria.

Quando chegou ao Curuai, era época da festa de Nossa Senhora de Nazaré, padroeira do lugar; a vila estava em polvorosa. Barcos, botes e canoas chegavam de todos os lugares trazendo comerciantes, vaqueiros, madames, prostitutas, fiéis e infiéis, todos muito contritos; até um ateu, desde que se comportasse, podia participar da festa. Ali, diante da Santa, dissolviam-se as diferenças: branco ou preto, rico ou pobre, homem ou mulher, cristão ou macumbeiro, todos, sem acepção, divertiam-se igualmente, o sagrado e o profano se misturando, numa farra dos diabos, que se estendia por dias e noites e só terminava quando se esvaziassem todas as garrafas de cachaça e as mulheres arretadas e voluptuosas voltassem para casa — isto é, todas as mulheres, pois, naquelas beiras de rio da Amazônia, naquela época, jovens e velhas, feias e bonitas, livres e comprometidas entregavam-se ao jogo amoroso sem regatear na medida.

Sem se preocupar com o futuro, o menino Lázaro, durante os dias da festa, também se divertiu, mas não foi fácil, posto que a liberdade conquistada ao desgarrar-se do pessoal do Venâncio trouxe-lhe alguns percalços como, por exemplo, ter que sobreviver dos restos que lhe dava um ou outro dono de barraca ou do que um ou outro garanhão lhe pagava para levar algum recado à sua presa. O espertinho deu graças a Deus por ser a festa da Santa uma excelente ocasião para todo tipo de malandragem, e não se arrependeu de ter largado o pessoal do Venâncio, pois, pela primeira vez na vida, sentia-se livre para fazer o que bem quisesse.

Ao terminar a festa, figurinha já manjada na vila, viu-se zanzando de lá para cá e de cá para lá durante o dia e, à noite, dormia debaixo das árvores da "rua" — se é que se pode chamar de rua aos caminhos do Curuai, "pavimentados" de estrume. Depois de três dias, alguém tocou na sua costa e disse:

— Ei moleque! O que fazes aqui? Quem é teu pai?

— Não tenho pai — respondeu Lázaro.

— E a tua mãe? — continuou a pessoa.

— Mãe também não tenho.

— De onde vieste?

— Lá do Torrão.

E então contou que tinha vindo com o Venâncio e o pessoal dele para a festa de Nazaré.

— E cadê eles?

— Foram embora e largaram-me aqui — mentiu para o homem, pois até era verdade que Venâncio e a sua turma foram embora, mas foi ele, Lázaro, quem se livrara deles e não eles que o deixaram.

O homem que falava com ele era o "Dr. Cazuza", como o chamavam. Não era doutor nem nada, mas, na falta de um delegado de verdade, exercia essa função "temporariamente" — mas isso já durava dez anos!

Dr. Cazuza era um legítimo espécime de caboclo amazônico: rosto gretado pelo sol, olhos negros e amendoados, voz mansa. Lázaro ficou bem impressionado, mas se pôs de guarda. Na merda de vida que até aí levara, aprendeu que até o sujeito mais malvado, no primeiro momento, mostra-se bom.

— Já comeste hoje? — perguntou o homem.

— Não — respondeu Lázaro, lembrando do ditado "peixe morre pela boca".

— Então vamos pra casa? — disse o homem.

"Pronto! Estou fisgado!", pensou o menino. E acabou indo para a casa do homem, que se situava na terceira rua do vilarejo — ou seja, na última —, onde uma cabocla ancha e bonita, cercada de filhos, recebeu-os.

— Cuida desse moleque — disse o homem à mulher, que examinou o pirralho rapidamente com os olhos e em seguida sorriu.

Lázaro ficou lá muitos dias, enchendo água para eles, pois água, lá, só a do rio. Buscava água em duas latas penduradas num *cambão* ([25]) que ele sustentava em seu ombro. Aceitou esse trabalho estafante não por ser um exemplo de trabalhador, tinha lá as suas preguiças, pois isso de carregar peso debaixo do sol a pino não é coisa que uma criatura em sã consciência deseje ardentemente para si, mas ele precisava comer e sabia que, ali no Curuai, se se metesse a esperto, acabaria morrendo de fome ou no xadrez e, ainda por cima, o próprio homem que se dispôs a protege-lo é que o conduziria ao *xilindró* ([26]). Em troca de ser um bom menino, davam-lhe comida, nada mais do que isso.

Certo dia, o homem o chamou:

— Venha cá, menino!

Lázaro aproximou-se e o homem tornou a perguntar de onde tinha vindo.

— Da casa do Pajurá — repetiu Lázaro, na esperança de que o homem, que devia conhecer a fama de avaro do Pajurá, se compadecesse dele.

— Tens pai, tens mãe? — insistiu o homem.

— Pai não tenho, já morreu; mãe não conheço nem sei o paradeiro — respondeu.

— Como era o nome do teu pai? — o homem quis saber.

— Alguém disse que era Francisco — respondeu o menino.

— Oh! Pachico! Pachico!? ([27]) — exclamou o homem, demonstrando inusitado interesse, talvez porque a família do pai de Lázaro, conforme lhe disseram, era gente muito conhecida na região do Lago Grande. — E tua mãe?

---

[25] Espécie de vara levada sobre um dos ombros e em cujas extremidades sustentam-se duas latas ou baldes com água. (N. do E.)

[26] Xadrez. (N. do E.)

[27] O jesuíta Gabriel Soares de Sousa (*Notícia do Brasil*, 2ª Parte, Cap. CL) e José de Anchieta (*Arte da Gramática...*), informam que faltavam ao tupi antigo três letras do ABC, que são "F", "L", "R" grande ou dobrado, de tal forma que para dizerem Francisco diziam Pancico (ou Pachico); para dizerem Lourenço diziam Rorenço; para dizerem Rodrigo diziam Rodigo. (N. do E.)

— É Raimunda, conhecida por Guida — informou, mas disso não tinha certeza, pois, nas andanças dessa *titica* ([28]) de vida que ele levava, jogado daqui pra lá e de lá pra cá, nas mãos de exploradores cruéis, disseram-lhe que seu pai havia morrido e a mãe era viva, mas isso agora pouco ou nada lhe valia.

Como ia acreditar no que lhe diziam, se crescera como órfão pelas beiras de rios, comendo o que o diabo amassou e bebendo o sangue de Jesus Cristo, só que misturado com o mijo e a bosta que algum fazendeiro filho da puta ou um de seus filhos, como o Antônio, lhe davam?

— Então és filho da Guida?! — exclamou o homem.

— Sim — confirmou Lázaro.

— Como é o nome do pai dela?

— Dino, assim me disseram — respondeu.

Então "Dr. Cazuza" chamou a mulher e disse-lhe:

— Sabes, mulher, que esse menino é filho da Guida com o Pachico, filho do velho Cararã, irmão do Dico e do Dino? Virando-se para Lázaro, falou: — Poxa, rapaz, conheço a tua mãe e conheci o teu pai; um dia ele te trouxe para ser batizado no Curuai, és meu afilhado.

Depois dessa descoberta, passaram a lhe tratar ainda melhor, não que fossem bons de verdade, mas porque viam no "afilhado" o serviçal que sempre pediram a Deus. Acostumado a ser maltratado nas casas dos seus "protetores", Lázaro pressentiu as "bondades" que estavam reservadas para ele naquela casa, e logo imaginou uma maneira de ver-se expulso dali. Foi assim que, certo dia, de propósito, deixou que as malditas latas cheias de água se esborrachassem no chão, de maneira a se tornarem inúteis, o que levou o seu protetor a dizer-lhe o que já poderia ter dito — mas não disse porque ainda cria que o menino pudesse continuar lhe servindo:

[28] Excremento popularmente ligado a galinha, linguagem infantil para merda, cocô, fezes, etc. (N. do E.)

— Rapaz, tua mãe mora em Belterra com um caboclo chamado Carmelo — disse "Dr. Cazuza".

Lázaro não sabia o que lhe dizer, pois não tinha noção do que fosse ser filho de alguém. No dia em que nasceu, deve ter visto o rosto da mãe, mas perdera a lembrança. De qualquer modo, ficou contente em saber que era verdade que a mãe estava viva.

— Queres ir para junto dela? — perguntou o homem, certamente querendo livrar-se dele por causa das latas amassadas e outros prejuízos que lhe vinha causando.

— Quero! — respondeu Lázaro.

— Pois vou te enviar — garantiu-lhe "Dr. Cazuza".

Lázaro ficou ali ainda algum tempo, até que um dia o homem lhe disse:

— Em Santa Irene mora o teu tio Dico, mais conhecido como Velho Dico; não sei o endereço dele, mas não será difícil achar, pois Santa Irene é muito pequena, termina na igreja de São Raimundo.

O edifício mais valioso de Santa Irene era o Teatro Vitória, construído na época áurea da borracha ([29]); pena que, tempos depois, ficou em ruínas e um alcaide desastrado, em vez de restaurá-lo, mandou demolir.

O velho Dico morava nos fundos de uma fábrica de beneficiar arroz, que ele vigiava, perto do teatro. Vivia com a sua "velha" Mundica; nunca tiveram filhos.

— Sei que tua mãe mora lá, mas não sei onde — disse "Dr. Cazuza", voltando ao assunto. — Ponho-te no barco de um conhecido meu que vai para Santa Irene, se assim quiseres.

— Quero — disse-lhe Lázaro, de pronto.

Nunca esqueceu dessa viagem. Meio-dia, batelão grande, à vela, riscando as águas barrentas do rio Amazonas. Viajar de

---

[29] Ciclo econômico ocorrido no entresséculos XIX-XX, baseado na coleta da *hevea brasiliensis* (seringueira nativa da floresta amazônica) e na exploração da mão-de-obra semi-escrava, formada pela gente expulsa pelas secas periódicas do Nordeste brasileiro. (N. do E.)

batelão era uma novidade para ele, que só tinha viajado de canoinha. Olhando para dentro do rio enxergava o seu rosto fininho e pálido no fundo da água, e sentia medo, vertigem, parecendo-lhe que ia cair dentro d'água. Olhava para as águas do rio e se recolhia, mas uma força estranha fazia-o olhar novamente para as águas, para ver se ele ainda estava lá embaixo. Isso se repetiu muitas vezes, até chegarem a Santa Irene. Lázaro ficou ali no porto, junto com a tripulação do barco, até que este voltou para o Lago Grande. Antes, porém, o dono do barco perguntou:

— Onde você vai ficar, menino?

— Deixe-me aqui na beira do rio — respondeu Lázaro.

06. A BONDADE DE LEVINDO

"Não existe grandeza onde não há simplicidade, bondade e verdade."
Leon Tolstoi
(*Ressurreição*)

De pé, no porto da cidade, com sua bagagem na mão, Lázaro ficou olhando para o barco que partia. No saco de pano que lhe servia de mala, nada mais do que uma rede velha e puída, pois só possuía a roupa do corpo. Com o saco nas costas, ficou zanzando pela praia. Mas não se enrascou. Carregava peixe da beira para o mercado em troca de comida; quando não tinha o que carregar, pedia.

Santa Irene, nessa época, era uma cidade muito pequena. No lugar onde hoje está o Mercado Municipal funcionava uma usina-caldeira que, à noite, fornecia luz à cidade. Às 3 da tarde, o foguista metia fogo na caldeira e às 6 a usina apitava — piiiiiii.... Então as luzes se acendiam, luzes muito fracas, mas, ainda assim, a cidade se iluminava. A lenha que movia a usina, trazida do interior, era amontoada na praia. No verão, quando o rio vazava, alguém precisava carregar a lenha da praia para a caldeira.

Certa noite, depois de vagar duas semanas pelas ruas arenosas e esburacadas de Santa Irene, dormindo nos galhos de alguma frondosa mangueira, Lázaro se achegou à dita usina e foi ali se encostando. Em meio à penumbra, quase não consegue divisar a figura de um homem preto, de pequena estatura. Era o foguista da usina, de nome Levindo. As pessoas precisavam falar alto, gritar, para ele ouvir. Só fazia Hem, Hem...

Levindo era um sujeito bom e bacana, até porque, não podendo falar, não enchia o saco de ninguém. Passava a noite naquele negócio de carregar lenha da beira do rio para a caldeira. Lázaro, já na primeira noite, se entrosou perfeitamente com ele, passando a ajudá-lo a carregar a lenha. Então Levindo convidou Lázaro a ficar na praia com ele, e Lázaro acabou ficando muitas noites na praia carregando lenha com Levindo. Em troca, Levindo repartia a sua comida com Lázaro. Certo dia, o foguista perguntou de onde Lázaro era e de onde tinha vindo, e se era filho dali... Lázaro teve que gritar no ouvido do Levindo que viera do Lago Grande.

— Hemm? Hemm? De onde? Do Lago Grande?! — até que Levindo entendeu. Era uma dificuldade danada conversar com ele. Emitia uns grunhidos que as pessoas tinham que interpretar. — Quem é tua mãe? — perguntou, gritando, pois surdo-mudo só "fala" gritando.

— Guida!!! — gritou mais alto Lázaro.

— Guuuiiideeee? — repetiu Levindo.

— Sim. Guida — confirmou Lázaro.

Levindo tornou a grunhir e o menino entendeu que perguntava se ele tinha parentes em Santa Irene.

— Tenho um tio, mas não sei quem é! — gritou Lázaro no seu ouvido.

Então Levindo fez um alvoroço dos diabos, seu pescoço tufou que nem pescoço de galo rouco para dizer que conhecia um homem que podia ser o tio de Lázaro. Conhecera-o na igreja que ambos frequentavam.

— Como mesmo é o nome desse teu tio?!! — perguntou — melhor dizendo, grunhiu — o Levindo.

— Não Sei! Só sei que chamam ele de Dico!

Nessa época, Lázaro não sabia que o nome desse seu tio-avô era Raimundo, que alguns chamavam de "Mundico" e a maioria só conhecia por "Dico".

— Ham...? Diiiiiiiico? — tornou Levindo, ficando um bom tempo com a boca aberta, até que conseguiu dizer Dico. — Conheço! Eu conheço o Dico! Ele é teu parente? — grunhiu novamente, mas Lázaro entendeu.

— Não sei.

Na verdade, Lázaro ainda duvidava de que Levindo conhecesse mesmo os seus parentes.

Levindo prometeu conduzi-lo na manhã seguinte à casa do velho Dico, que, segundo ele, era "aliiiii peeertoo".

Às 7 da manhã, Levindo cumpriu o prometido; levou Lázaro à casa do seu tio-avô Dico. Chegou lá e bateu no portão. Era uma casa grande, no fundo do terreno. Na frente ficava uma usina de arroz que o velho vigiava. Bateu, bateu... até que um senhor já velhusco abriu a porta.

— Olha o Levindo aqui! O que queres, Levindo? — falou alto o homem, sabendo que o foguista era surdo.

Grunhindo e gesticulando com todo o corpo, Levindo anunciou que viera trazer-lhe o pirralho que dizia ser seu parente e que estava há quase um mês lá na praia com ele.

— Meu parente?! — repetiu o "velho", estranhando.

Continuando em seu torturante grunhido, Levindo disse que sim, que Lázaro dizia ser seu parente.

Levindo disse isso e se foi, nunca mais Lázaro o viu, mas nunca se esqueceu dele, pois foi bom para ele, deu-lhe abrigo, companhia e comida. É verdade que a "bondade" de Levindo não era completamente desinteressada, pois fazia Lázaro carregar lenha nas costas da praia até a usina. Apesar disso, somando e diminuindo, Levindo tinha muito saldo.

Depois que o Levindo se foi, o ancião perguntou de onde Lázaro tinha vindo.

— Vim do Lago Grande — respondeu Lázaro.

— Do Lago Grande? Quem é tua mãe? — tornou o velho.

— Guida!

— E quem é teu pai?

— Meu pai é Francisco!

("Era" Francisco, melhor dizendo, pois a grande peste o levara).[30]

Então o homem chamou a mulher, Dona "Mundica", a quem o Levindo, ninguém sabe por que, chamava de "velha", pois não era velha e até ainda era bem bonita, um tipão. E Lázaro, ali, na frente deles, com aquela barriga inchada que ele tinha e os pés no chão.

— Mundica! Vem cá! Olha só quem apareceu: um dos filhos da Guida! — pois o velho sabia que a Guida tinha quatro filhos.

— É o Lázaro! — exclamou a mulher.

Foi aquela alegria. A situação de Lázaro melhorou, passando a dormir no mesmo quarto com o Manuel, filho duma cabocla chamada Palmira, que vivia no Lago Grande e teve o azar de ficar viúva um ano depois do casamento, herdando do marido apenas o recém-nascido, que acabou sobrando para o velho Dico criar.

---

[30] O autor refere-se à peste de impaludismo (na verdade, grande mortandade produzida na população da Amazônia pelo agente transmissor da malária, o mosquito anofelino) que ceifou, nos idos de 1930, grande parte da população da região do Baixo-Amazonas. (N. do E.)

07. MORTE EM FLOR

"Os prazeres são momentâneos, epidérmicos. Não duram.
E quem os confunde com felicidade fica sempre
em busca de novas sensações no intuito
de se sentir feliz."
Frei Betto
(*Felicidade foi-se embora?*)

Lázaro e Manuel tornaram-se grandes amigos. Manuel era um ou dois anos mais velho do que Lázaro e, por isso, tinha mais "presença de espírito", confiança mais em si e gabava-se de suas conquistas, mas não era avarento. Como um irmão mais velho procede com o caçula, Manuel dividia as sobras com Lázaro. Pouco depois, já rapaz, Manuel morreu não se sabe do quê, dizendo uns que de herpes e outros, de sífilis. Essa morte marcou muito o companheiro, pois só por um triz não foi ele o morto, em vez do Manuel.

É que havia certa rapariga em Santa Irene, de nome Elvira, gostosa que só manga madura, que vivia nas festas e todo mundo queria provar. Até um *panaca* ([31]) como o Lázaro, que tinha medo de festas e não sabia dançar, a cobiçava.

[31] Indivíduo simplório, abobado, tolo.

Numa dessas festas, o nosso garanhão resolveu ir, mas não teve coragem de entrar. Ficou em frente ao salão vendo se sobrava alguma coisa para ele daquele mulherio que chegava e já ia entrando, umas sozinhas, outras com seus homens. Eis que chega a Elvira e lhe vê ali na porta, vem para o seu lado e lhe diz, admirada de vê-lo:

— Tu, aqui, Lázaro?!

— Sim, Elvira. Não estou nem aí pra essa festa, vim apenas pensando em te ver — respondeu-lhe Lázaro, cheio de espírito, fugindo do seu feitio tímido e retraído, admirando-se ele mesmo de suas palavras.

— Entra comigo? — convidou-lhe Elvira, para surpresa de Lázaro, pois jamais imaginou que a cobiçada Elvira fosse lhe dar confiança.

Nessa época, Lázaro já andava bem-vestido, pois sempre foi trabalhador e comprava boas roupas, mas se achava muito feio e desenxabido, mais do que realmente era.

— Não posso entrar; preciso ir lá em casa ver a mamãe que está acamada — inventou. — Mas vou e logo volto; quando saíres da festa estarei aqui te esperando. Tudo bem? — completou, abusando da imaginação, louco para pegar a Elvira, não só a Elvira, mas qualquer cabocla que naquela noite caísse na sua rede; há tempos andava seco por uma rapariga.

— Tudo bem — concordou Elvira, deixando que Lázaro se aproximasse dela e lhe desse um beijo na face. Bem que o nosso rufião tentou beijar os lábios da rapariga, pensando que, se ela deixasse, poderia avançar com a língua, mas Elvira, que nunca tinha se encostado com ele, desviou a boca e entregou-lhe o rosto — para sorte sua, que assim não teve contato com a sua saliva. Livramento divino, como a seguir se verá.

Elvira desapareceu dentro do salão e Lázaro ficou na porta que nem besta, imaginando a rapariga rodopiando de braço em braço, entregue à macharada e nem se lembrando de sua existência. Ficou ali até acabar a festa, já se preparando para a frustração.

Dito e feito. Depois da última música, os portões do salão se abriram e o pessoal começou a sair. Depois de algum tempo, Lázaro vê Elvira saindo, mas já vinha acompanhada. Já esperava por isso, pois seria muita sorte se uma rapariga daquelas, que ia às festas pensando em arranjar homem, se esfregasse com eles durante horas e terminasse a noite sozinha. O que Lázaro jamais seria capaz de adivinhar — e para tal cena nunca estaria preparado — é que o escolhido de Elvira, para terminar aquela noite com ela na fofura de uma cama de palha ou no balanço duma rede rendada, fosse o sacana do Manuel, que apareceu abraçado com ela. Quando o viram, a rapariga tentou se desviar para o outro lado, mas o Manuel, não sabendo o que Lázaro e Elvira haviam combinado, conduziu a cabrocha para o rumo de Lázaro e, com um piscar de olhos e um sorriso maroto nos lábios, falou:

— Conheces a Elvira?

— Oh, sim. Quem não conhece a Elvira? — respondeu Lázaro, sem disfarçar o tom irônico.

Deixando a rapariga de lado, Manuel cochichou no ouvido do amigo: "Eu sou é foda, cara! Não há cabrocha que resista ao meu charme. Esta noite passo na vara a Elvira!"

Lázaro achou que Elvira adivinhara o que o Manuel lhe falava, pois a rapariga continuou com a vista baixa e se deixou levar pelo garanhão, que ainda piscou para ele antes de dar-lhe as costas e pegar o rumo da casa da Elvira, que morava numa choupana, que chovia mais dentro do que fora, na última rua da cidade, de onde ela, pobre e vaidosa, com seu vestidinho de chita e cheirando a patichouli e piripirioca, saía para os bailes de fim-de-semana e para onde voltava de madrugada com o cabra que ela escolhia. O dinheirinho que Elvira recebia dos acompanhantes complementava a merreca que ela ganhava na única fábrica de tecelagem que existia em Santa Irene. Só não cobrava do Manuel, o qual, no dia seguinte, assim que viu Lázaro, foi de novo se gabando:

— Sou mesmo é foda, Lázaro! Nunca paguei pra dormir com uma mulher. Pego a Elvira de graça!

Durante alguns dias Lázaro ficou chateado porque a Elvira naquela noite preferiu o Manuel. Este, ao contrário, cantou sua glória nos dois dias seguintes ao baile, sem adivinhar que a desgraça se manifestaria em seu corpo no terceiro dia, quando, ao voltar do trabalho (Manuel era ajudante de pedreiro), reclamou de cansaço. O velho Dico e a velha Mundica ouviram Manuel reclamar do cansaço, mas não se importaram, pensando que fosse consequência do serviço estafante.

A sós com Lázaro, quando foram dormir, Manuel abaixou o calção e mostrou o caroço vermelho, semelhante a uma crista de galo, que se formava na cabeça de sua pomba. Aquela coisa bizarra fez Lázaro rir, mas, vendo que Manuel sofria, prendeu o riso e tentou animá-lo. Disse-lhe que aquilo podia ser a ferroada de algum inseto ou coisa que o valha, mas os olhos espantados do companheiro de quarto e de aventuras fizeram-lhe suspeitar de que se tratava de coisa mais séria.

— Lázaro, desde ontem sinto febre, febre alta — disse Manuel.

— E se mostrares ao velho Dico? Ele é experiente, deve saber o que é isso — sugeriu Lázaro, lembrando-se do caso que o velhote tinha com uma cabocla gorda e cheia de filhos, que quase todos os dias, depois das 5 da tarde, quando o velho fechava a fábrica de beneficiar arroz, ou mesmo na hora do almoço, quando os empregados iam para casa almoçar, entrava pelos fundos da fábrica e ficava com o velho o tempo suficiente para que ele voltasse para casa esgotado mas satisfeito, pois era daqueles que pensam que "depressa se apanha um rato que só conhece um buraco". Por esse adágio, no entanto, quase se perde, pois, certa vez, desconfiando dos atrasos do marido, a velha Mundica foi ver o que tanto o prendia na fábrica após o apito das 5. Sem se anunciar, entrou na cozinha da fábrica, justo no instante em que o marido recompunha suas vestes e se afastava da mesa sobre a qual ainda se quedava, com as pernas em “V”, a dita cabocla. Ao seu lado, como um ponto negro e dissonante, via-se um exemplar da Bíblia Sagrada, que pertencia ao velho, que mantinha, diante de parentes e vizinhos, a pose de crente fervoroso.

— Dico! O que significa isso? — perguntou a velha, com voz roufenha e contida, como um vulcão prestes a explodir. Pálido e tartamudeante, o marido ainda teve a “presença de espírito” (para não dizer a “cara de pau”) para falar:

— Não é nada do que estás pensando, querida. Só estava evangelizando esta pobre mulher.

— Não sabia que, para evangelizar, o evangelizador precisa se despir e se enfiar entre as pernas da evangelizada! — gritou a velha, já arrastando o marido até em casa, onde lhe aplicou uns tabefes na cara. Para agonia do velho, que não era homem que se contentasse com uma só mulher, a tal cabocla nunca mais apareceu na fábrica.

— O velho saberá dizer o que tens; mostra a tua pomba para ele, pois nisso ele é experiente — Lázaro tornou a dizer ao Manuel.

— Não, não! — exclamou Manuel.

— Por que não?!

— Tenho vergonha, pois acho que peguei doença venérea.

— Porra, Manuel, doença venérea? Comeste alguém além da Elvira? — perguntou Lázaro, pegando instintivamente na cabeça de sua rola, mesmo sabendo que estava são, pois há tempos não provava uma mulher e agora dava graças a Deus por isso.

— Devo ter apanhado da Elvira essa gonorreia — disse o Manuel.

Apesar de triste por ver seu amigo sofrer, Lázaro suspirou aliviado, pensando que a doença que estava no amigo por pouco não estava nele.

Manuel ainda foi ao trabalho naquela semana, mas a cada dia voltava mais agoniado, mas não procurou ajuda. Só reclamava para o Lázaro, que era mais novo do que ele e nada podia fazer. Até que, numa noite, com pus escorrendo pela virilha e uma febre que não sedia, Manuel enlouqueceu. Começou gemendo, depois chorava e por fim urrava, sem parar, apertando a cabeça (a que encaixa o cérebro, é claro, e não a outra, desmiolada) com as mãos. O velho Dico e alguns vizinhos tiveram que amarrar os punhos de Manuel e assim o levaram ao hospital, mas não encontraram o único médico que havia na cidade. Segundo disseram as enfermeiras, o médico tinha ido de férias para a capital e só voltaria dias depois — tempo suficiente para que Manuel, ainda que medicado pelas enfermeiras, falecesse enlouquecido de insônia e de dor. Na certidão de óbito que o tal médico, três dias depois do sepultamento, emitiu constou como *causa mortis* "enfarto agudo do miocárdio". Enfarto uma ova! Manuel morreu foi de boceta estragada, morte que parecia destinada para o Lázaro.

Depois da morte de Manuel, Elvira transmitiu a doença a vários amantes nas noites quentes de Santa Irene, até que, sem que ninguém adivinhasse as razões, ausentou-se do trabalho na tecelagem e de outros recintos, especialmente dos bailes, onde se tornara figura notória. Correu a notícia, à boca pequena, de que Elvira definhava no leito de morte, acometida por doença cujo nome todos os garanhões de Santa Irene conheciam e não ousavam pronunciar, tal o terror-pânico que sentiam só em pensar que a donzela fora ceifada pelo mesmo mal que já militava em seus corpos.

Cinzenta mortalha e angustioso silêncio envolveram a cidade quando o esquife roxo e ordinário de Elvira, sem séquito nem pranteadores, saiu da miserável cabana onde os moços festeiros vinham aliviar-se da canseira dos bailes. Através das arenosas e esburacadas ruas de Santa Irene, o esquife atravessou a cidade até chegar ao cemitério, onde uma suntuosa lápide erguida por um dos amantes de Elvira (rico comerciante) ainda hoje atrai a atenção de homens e mulheres de Santa Irene e até mesmo de regiões distantes, que vêm em romaria para adorar "Santa Elvira", padroeira dos desenganados.

Diante do velho Dico e da velha Mundica, cheio de vérminas, pequenino e empombado, todos pensam que Lázaro também não teria vida longa. Mas escapou. A velha Mundica fazia panelada de chá-de-folha-seca com flor de mamão-macho, amargo como fel, e forçava-o a engolir. Lázaro botava verme, botava verme, e a barriga diminuiu, ficou corado, virou gente, passando a trabalhar com o velho Dico na fábrica de arroz. Nessa época o velho botou o pupilo na escola.

A escola ficava perto da igreja de São Raimundo, num barracão dos padres, coberto de palha, e tinha uma grande casa de cupim na cumeeira. O nome da professora era Isabel. Anos depois, numa das vezes em que Lázaro voltou a Santa Irene, cruzou com a professora na rua, já bem velhinha. Aproximou-se dela e disse-lhe, tocando em sua costa:

— Ô professora...

A mulher olhou-o e falou:

— Quem és tu?

— Sou o Lázaro, estudei com a senhora, lembra?

E não foi que a professora lembrou?!

— Não és o afilhado do velho Dico?

— Sim — respondeu Lázaro, pois todos o conheciam como "filho" do Dico com a velha Mundica.

— Oh, me lembro! Vivias fugindo da aula. Como vais? — perguntou a professora.

O assunto logo se esgotou e despediram-se; nunca mais Lázaro encontrou a professora, que já deve ter morrido, pois isso aconteceu há muitos anos. Esse encontro, tantos anos depois, trouxe-lhe a lembrança do tempo em que viveu com tio Dico e a velha Mundica.

08. NA SOLEIRA DA PORTA

"Ontem e anteontem eram iguais, ele não mais sabia distingui-los; um acontecimento de três dias antes, ou de vinte, acabava por parecer-lhe igualmente distante.
Assim se dava, à sua revelia,
a fuga do tempo."
Dino Buzzati
(*O deserto dos tártaros*)

O velho Dico sabia que a mãe de Lázaro, sua sobrinha, morava em Belterra, pois certa vez a visitara. Mas como enviar "o menino" se, além da estrada, que na verdade não passava de um caminho, havia apenas a via marítima? Aos sábados e segundas-feiras, o barco "Deoclécio" saía de Santa Irene e ia para Belterra, pequena vila construída sobre um platô, a cujo porto, de nome Porto Novo, por distar uns 8 quilômetros, ia-se de carro.

Certo dia, o velho perguntou se Lázaro queria ir para a casa da sua mãe. Lázaro disse que queria.

— Mas é longe! — avisou o velho.

— Mesmo assim, vou — falou o menino.

Então o velho procurou o comandante do "Deoclécio", pagou a passagem e disse-lhe:

— Leva esse menino até o Porto Novo, e de lá encaminha ele para Belterra, onde ele vai procurar sua mãe.

Durante a viagem, que durou um dia inteiro, o menino chorava, sem saber o que encontraria pela frente. Ia novamente levantar a vida e andar daqui pra acolá, sem mãe, sem ninguém, sem dinheiro para pagar o transporte da beira até lá em cima, quanto mais para voltar para Santa Irene, se fosse preciso.

Naquele tempo Belterra tinha um movimento danado. O barco chegava trazendo mercadorias e o povo corria para o porto. Era carro de lá para cá e de cá para lá, mas só carro de americano ([32]). Carro particular, de brasileiro, só o caminhão antigo, muito velho, do Manuel Rufino, filho do comerciante Raimundo Silva.

Novamente sozinho, Lázaro ficou lá na beira, com seu saquinho de pano nas costas. O motor que o trouxe voltou para Santa Irene. De pés, lá no porto, sem dinheiro nem nada, via o pessoal se preparando para subir para Belterra. Não demorou e apareceu o caminhão do Manuel Rufino, um cara bacana, alegre e falador, que vivia na brincadeira com todo mundo. Por ser dono do caminhão, Manuel era ali um cara importante. O pessoal que chegava de Santa Irene subia para Belterra empoleirado no caminhão, e o pessoal lá do alto descia para fazer compras, principalmente de peixe, no Porto Novo.

Lázaro se meteu no meio do pessoal e também se empoleirou na carroceria do caminhão. E toca a subir para Belterra, pela serra inclinada, estrada arenosa, o caminhão peidando para subir e o sol cozinhando os miolos. Depois de uma hora, o caminhão chegou ao Posto Fiscal da Estrada Um ([33]), bem no centro de Belterra, onde ficava o comércio.

---

[32] O magnata norte-americano Henry Ford, pioneiro da indústria automobilística, resolveu investir no Brasil em plena II Guerra Mundial (1939-1945); com o que havia de mais moderno, organizou plantações da *hevea brasiliensis*, mais conhecida como a árvore seringueira, de cujo leite passou a produzir a borracha necessária para a fabricação dos pneumáticos usados nos carros de guerra; dessa atividade surgiram as cidades de Belterra e Fordlândia, no rio Tapajós. (N. do E.)

[33] Os norte-americanos chegaram a Belterra e foram dando número às ruas. (N. do E.)

Com a chegada dos norte-americanos, em 1934, Belterra tornara-se um povoado relaticamente grande. Naquele dia, desembarcou muita gente e quase todos subiam para Belterra. O Manuel Rufino distribuía passageiros por todas aquelas estradas; onde o sujeito morava, lá deixava, e cobrava a passagem.

Encolhidinho no canto da carroceria, quietinho, Lázaro pensava consigo: "Não sei onde estou; vou rodar nesse carro até me deixarem por aí; vou rodar, rodar, rodar... e não vou ter onde ficar, alguém vai ter que me acolher".

E foi isso que aconteceu.

Manuel Rufino começou a rodar, rodar... e deixava passageiro aqui, ali, acolá. Quando chegaram à Estrada Oito, lá muito em cima, só tinha três passageiros no carro, mas logo esses três também desceram, restando apenas Lázaro no caminhão. Então o Manuel Rufino parou o veículo e perguntou:

— E tu, moleque, pra onde vais? Onde vais ficar?

Lázaro respondeu que não sabia.

— Como não sabes? Porra! — bradou o Rufino.

— Não sei — repetiu o menino.

— Como não sabes, rapaz? De onde tu és? De onde vens? — insistiu Rufino.

— Vim de Santa Irene.

— Onde vais ficar?

— Não sei.

— Quem é teu pai?

Lázaro disse que não tinha pai. Mãe, em Belterra, sabia que tinha; ela vivia com um homem, mas não sabia onde moravam.

— Como é o nome do homem que vive com tua mãe? — perguntou Manuel Rufino.

O velho Dico dissera a Lázaro que o nome do homem que vivia com sua mãe era Carmelo.

— Carmelo — respondeu Lázaro.

— Porra, peste! Então és enteado do Carmelo?!

Manuel Rufino conhecia o homem que vivia com a mãe de Lázaro, o tal Carmelo. Lázaro depois soube que o Carmelo era freguês do comércio do Manuel Rufino. Comprava fiado e, no fim do mês, quando os norte-americanos lhe pagavam o salário, as dívidas já eram descontadas lá mesmo no escritório da Companhia.

— Então fica aí, sei onde eles moram, vamos passar lá; quando chegar lá em cima, te deixo.

Pensando que ia enfim se encontrar com a mãe, Lázaro ficou alegre. O caminhão foi rodando, rodando... De repente, parou.

— Olha aí! Chegamos à casa da tua mãe! — gritou Rufino. — Tua mãe mora naquela casa! Podes ir. Depois acerto a passagem com o Carmelo! — ordenou.

Naquela estrada as casas eram todas de palha. Lázaro pegou o seu saquinho de pano e desceu do carro. Foi andando no rumo da casa que o Rufino disse ser a de sua mãe. Na frente da casa parou, sem coragem para bater na porta. Ali, de pés, ficou pensando: "Será mesmo que é a casa da minha mãe?"

Parecia uma casa de peão, simples como as que havia ali, com piso de chão-batido e paredes de palha. Não era como as outras que viu quando passavam noutra estrada, de madeira e cobertas de telhas, mas era uma casinha asseada e boa. Lázaro soube depois que as casas melhor equipadas eram dos funcionários mais graduados da Companhia.

Ficou ali, na frente da porta, escutando e com medo de bater. Ansioso, perguntava a si mesmo como seria a mãe. Depois de um tempo impossível de mensurar, escutou um barulho lá dentro. Criou coragem e bateu: Pá! Pá! Pá! A primeira vez, e nada. Bateu a segunda vez e ouviu uma voz de mulher perguntar:

— Quem é?

— Sou eu! — respondeu o menino.

Depois de algum tempo, a dona da voz apareceu na porta e ficou olhando para o pirralho que estava à sua frente.

Era difícil crer que aquela fosse a sua mãe. Ficou admirando a mulher que via à sua frente. Era alta, tinha a testa larga e o nariz afilado, bonita mesmo.

— Quem és tu, menino? O que queres? — perguntou a mulher.

Um nó na garganta impedia Lázaro de falar. A mulher tornou a perguntar de onde ele era.

Essa era a pergunta que todos lhe faziam, onde quer que chegasse: De onde és? Ao que parece, todos esperam que a pessoa seja de algum lugar, o que é muito justo; não há uma só pessoa que não venha de algum lugar. Mas, nessa porra de vida, rolando de um lugar para outro, sem pai, sem mãe, sem irmãos, sem coisa nenhuma, Lázaro não era de nenhum lugar. Pensou que, se não dissesse logo de onde ele era, mesmo que fosse um lugar inventado, aquela mulher que diziam ser sua mãe poderia bater a porta e virar as costas para ele.

Aterrorizado por esse pensamento, Lázaro disse rápido, meio gritando:

— Eu sou de Santa Irene!

— De Santa Irene? — repetiu a mulher, desconfiada.

— A senhora é a Dona Guida? — perguntou o menino.

— Sim, sou a Guida — confirmou a mulher.

Então Lázaro disse:

— Pois eu sou seu filho.

— Meu filho?! Quem tu... és? Como é teu nome?

— Meu nome é Lázaro — respondeu o menino.

Quando disse que era o Lázaro, a mulher deu um passo à frente e repetiu:

— Tu és o Lázaro?! Eu não acredito! Quem te mandou aqui?

— O tio Dico.

Então a mulher se abraçou com o menino e o menino com a mulher, e, como se o mundo tivesse parado de girar, choraram juntos.

O Carmelo estava para o serviço. Quando ele chegou, lá pelas 6 da tarde, a mulher apresentou-lhe o Lázaro. Carmelo sabia que ela tinha quatro filhos espalhados pelo mundo.

Até então, indo de um lugar para outro e submetido aos caprichos de seus "protetores", Lázaro havia sofrido muito, mas a fase mais triste da sua vida ainda estava por vir, nas mãos do Carmelo.

09. NAS MÃOS DO CARMELO

"Além de limitados, somos também impotentes
diante das misérias humanas
como a morte e a ignorância."
Blaise Pascal
(*Pensamentos*)

No começo, tudo parecia bem. Viviam no meio de um monstro seringal. Uma casinha aqui, outra ali, outra mais adiante, pelas beiras daquelas estradas que cortavam as plantações de *seringueiras* ([34]). Lázaro levava a vida até na maciota. Todo dia ia buscar água num balde grande e pesado, como mandava o Carmelo, mas não se queixava, era até uma diversão. Os ventos, porém, mudaram. O Carmelo passou a obrigá-lo a tarefas além das suas forças e ai dele se não obedecesse! O Carmelo bebia cachaça — melhor dizendo, ninguém sabia se bebia mesmo ou se fingia beber; mal encostava a boca no copo, já bambeava as pernas e caía, mas logo se levantava, brabo, quebrando pratos, copos,

[34] "Hevea brasiliensis" que os americanos, durante a II Guerra Mundial (1939-1945), cultivaram em Belterra — pois o seringal da Inglaterra na Malásia caíra em poder do Japão, e os aliados ficaram sem borracha para a fabricação dos pneus dos seus carros, por isso os americanos vieram plantar seringueiras no rio Tapajós, embora corresse à boca pequena que os gringos queriam mesmo era furtar o ouro depositado no subsolo brasileiro. (N. do E.)

tigelas e tudo o mais que via pela frente, coisas que ele mesmo comprava.

Além da mãe não poder ter nada, nessas ocasiões ela apanhava muito, levava tapa na cara e pontapé na bunda, despencando com os peitos no chão. O Carmelo ria — hé! hé! hé! Um riso mau. Lázaro via a tudo e nada fazia.

O que Lázaro poderia fazer? O homem tinha um punhal de dois gumes, que ele mesmo fizera na oficina da Companhia. De dia e noite vivia com o punhal na cintura, metido na bainha; dormia e acordava com aquele punhal.

Lázaro também apanhava. Não digo que merecesse, mas moleque não é flor que se cheire, fazia das suas, aprontava, mas não era só por isso que o homem lhe batia.

Nessa época, uma tia de Lázaro, conhecida como Ninita, veio morar lá embaixo, na beira do rio, no Porto Novo, a duas horas de Belterra. Trouxe com ela seus dois filhos e o vô Figueira, pai do seu falecido pai. Veio também o Chumbinho, um dos três irmãos de Lázaro, que ficara com vô Figueira depois que a peste matou seu pai Pachico e vô Dino, pai de sua mãe, e quase a metade da população da Amazônia.

Lázaro cresceu ouvindo todo mundo falar das coisas terríveis que aconteceram no tempo da peste. Diziam, por exemplo, que a mortandade foi tanta que as pessoas que estavam levando na canoa alguém para enterrar num daqueles cemitérios que existem na beira dos rios, passavam mal e, antes de chegarem ao destino, morriam ali mesmo na canoa, que seguia viagem sozinha, levada pela correnteza, rio abaixo, e assim eram encontradas por alguém ainda não ferido pela peste e que lhes dava um "bom destino" — talvez por isso, nessas beiras de rio e regiões mais centrais da Amazônia, ainda hoje, existam tantos lugares com o nome de Bom Destino.

Lázaro sabia que havia esse irmão chamado Chumbinho, mas não o conhecia e também não conhecia a tia Ninita e nem o vô Figueira ou qualquer outra pessoa da família, pois, quando o pai morreu, ainda era muito pequeno e a mãe largou-o nesse mundo de meu Deus. Sabia que tinha irmãos porque a mãe lhe contara e porque às vezes, quando menos esperava, o Chumbinho subia a serra e aparecia em sua casa e aí ficava até a mãe mandá--lo de volta, muitas vezes Lázaro descendo a serra com ele, pois ficaram muito apegados.

O Porto Novo era muito longe; tinham que descer a serra por um caminho deserto. Na ida, iam juntos; na volta, Lázaro vinha sozinho, se borrando de medo, pois o caminho passava no meio de um cemitério. Mesmo assim, certa vez, fugiu da mãe e foi sozinho, enfrentando o caminho deserto e o cemitério, até chegar à casa do Chumbinho, só para ficar um pouquinho com o irmão e os primos Ferreira e Felisberto, filhos da tia Ninita, moleques feios que nem a praga mas amigos até debaixo d'água, que trepavam nas árvores e pulavam de galho em galho que nem macacos e, se algum moleque queria bater nele e no Chumbinho, os defendiam, principalmente o Ferreira, o mais velho, que não levava desaforo para casa.

Fazia um ano que Lázaro estava em Belterra com a mãe quando ela adoeceu: não defecava nem urinava. Belterra tinha bons médicos, os médicos norte-americanos da Companhia, porém a mãe foi levada ao hospital diversas vezes e ninguém descobria a sua enfermidade. Gritava que dava dó, chegando ao ponto de o Dr. Gileth, chefão do hospital, chamar o Carmelo e informar que não tinha jeito, podia levar a mulher para casa, ela ia morrer. O Carmelo obedeceu, mas, em vez de cuidar da coitada, judiou ainda mais dela. Dizia que ela era uma cruz que ele tinha que carregar e só lhe dava trabalho, não prestava para nada; e empurrava a infeliz, chegando a bater nela ali mesmo, dentro da rede.

Nesses momentos, Lázaro sentia muita raiva, mas se via pequeno e impotente, nada podia fazer. Então a tia Ninita, por intermédio de um barqueiro que ia para o Lago Grande, mandou recado para a vó Gitoca, mãe de Guida, contando-lhe a triste situação.

Dias depois chegou ao Porto Novo um batelão do velho Teodoro, marido da vó Gitoca, para buscar a Guida. Então trouxeram a coitada de Belterra e a colocaram no batelão, que a levou para a casa da vó Gitoca.

Lázaro ficou sozinho com o Carmelo em Belterra, sofrendo ainda mais na mão dele, pois mandava Lázaro capinar o quintal, limpar a casa, cozinhar e levar o almoço para ele lá no trabalho, e, à noite, tinha ainda que lavar a roupa suja do Carmelo. E ai se atrasasse sequer um minuto a entrega da comida: levava uma surra quando o Carmelo voltasse para casa, à noite.

O malvado batia forte e com prazer, e ficava rindo. No seu desespero, Lázaro às vezes fugia para o mato; então uma vizinha, que morava do outro lado da estrada e tinha três filhos, dava-lhe comida.

Passaram-se dois anos sem que a mãe voltasse ou enviasse notícia, não se sabendo se estava viva ou morta. E Lázaro lá com o Carmelo. Às vezes, o Chumbinho aparecia por lá, trazendo-lhe esperança e alegria, mas estava para nunca mais aparecer, pois nessa época já andava magrinho e barrigudo, tinha o vício de comer terra e sabão e era muito maltratado; vô Figueira e tia Ninita não cuidavam bem dele.

De vez em quando Lázaro fugia do Carmelo e ia lá com o Chumbinho. O Carmelo, fulo de raiva, ia buscá-lo e enchia-o de porrada pelo caminho.

Lázaro, pelo resto da vida, não se esqueceria das vezes em que foi atrás do Chumbinho, pois no caminho entre Belterra e o Porto Novo havia aquele cemitério, que era o seu terror. Temendo a noite, saía de casa antes do meio-dia e metia os pés na carreira, mas depois da serra a estrada ficava cercada de mato. Um dia se atrasou e a noite pegou-o a meio caminho. Deviam ser umas 7 da noite quando chegou ao maldito cemitério. Puta merda! Não tinha jeito, não havia outro caminho, ia ter que enfrentar o cemitério. Foi andando devagar, com os pelos arrepiados, e, quando chegou ao meio do cemitério, veio-lhe aquele negócio — grrree-errrrrr.... — e o cabelo tremeu. Então disse para si mesmo: Vou correr. E correu. Mas, quando corria, parece que sentia uma pessoa correndo atrás dele; ele ia olhar, mas teve medo. Então olhou para o meio do cemitério e enxergou algo como uma pessoa. Não podia garantir que era gente humana, mas tinha certeza de que, por medo ou outro motivo, enxergou. Assim que olhou, a "pessoa" ou seja lá o que fosse já estava ao lado duma sepultura e levantou-se. Quando Lázaro fitou o olho da coisa ou o coiso, este abaixou-se e não o viu mais. O seu medo era tanto, que o calcanhar parecia encostar na cabeça. Sem fôlego, quase morto, umas 8 da noite, chegou à casa do velho Figueira e contou o acontecido. Contudo, apesar do pavor que o Carmelo e o cemitério causavam--lhe, Lázaro não se emendava: vivia fugindo para ficar perto do irmão Chumbinho.

Certa época, porém, ficaram duas semanas sem se verem, duas semanas que viraram uma eternidade, pois um dia chegou lá em casa o primo Ferreira, meio sem jeito, como que escondendo algo. Quando Lázaro perguntou por que tinha vindo, disse:

— Vim te dar uma notícia.

Desconfiado, Lázaro perguntou o que o primo tinha vindo lhe dizer, e então ele disse:

— O teu irmão Chumbinho morreu!

Puta merda! Que notícia! O seu irmãozinho tinha morrido! Essa foi a época que mais lhe marcou. Estava agora só, não sabia da mãe, se era viva ou morta, e ainda perdia o seu irmãozinho, o seu amigo, o único com quem tinha prazer de brincar, nunca mais ia vê-lo! E lá estava ele nas mãos do Carmelo; nunca se sentiu tão só.

Vô Figueira e tia Ninita com seus dois filhos — Ferreira e Felisberto — eram as únicas pessoas que Lázaro podia procurar lá no Porto Novo, mas, mesmo estes, não pareciam interessados na sua sorte.

Na verdade, não era só desinteresse. Tempos depois, Lázaro soube que vô Figueira, depois que a peste de 1935 matou seu pai Pachico, apoderou-se do gado e da fazenda e de todas as outras coisas que o pai deixara para sua mãe Guida, e esta, sem ter com que sustentar os quatro filhos pequenos, viu-se obrigada a entregá-los nas mãos dos "padrinhos" (que os protegeram e também os esfolaram com zeloso carinho) e partir para Óbidos, a cidade mais próxima, onde se tornou doméstica em casa de uma gente grã-fina. Mas a cobiça do velho a este em nada aproveitou — pouco tempo depois, perdeu tudo o que possuía e caiu na mais completa miséria, tornando-se até mais desvalido do que a mãe de Lázaro.

Foi nessa situação que vô Figueira mudou-se do Lago Grande para o Porto Novo. Não bastasse ter que sustentar a Ninita e seus dois filhos, gulosos que nem dragas, havia ainda o Chumbinho, embora este lhe desse pouco gasto, pois, nessa época, o coitado já comia mais terra do que outra coisa, mas não deixava de ser uma boca a mais para alimentar.

Lázaro chegou a pensar em fugir do Carmelo, mas ficou num dilema: e se a mãe chegasse e não o encontrasse ali? Acabou ficando, mas, quantas vezes, de tardinha, ao lembrar-se da mãe, sentava na soleira da porta e, só ele ali, olhando no rumo da estrada, chorava. Então a vizinha, atraída pelo choro do menino, vinha de lá e consolava-o; levava-o às vezes para a sua casa e dava-lhe comida, sendo por isso odiada pelo Carmelo. Essa mulher vivia ali com o marido já velho e cego, e três filhos — Silézio, Lico e Raquel. Lázaro jamais se esqueceria da vizinha, mulher corajosa, que enfrentava o Carmelo por sua causa.

Um dia, depois de mais uma fuga, o Carmelo foi buscá-lo no portão da vizinha, e esta, que conhecia bem os "cegos", pois tinha um em casa, perguntou ao Carmelo, olhando firme em seus olhos:

— O senhor consegue enxergar o que está fazendo com esse menino?

O Carmelo não era homem de levar desaforo para casa, mas, desta vez, ouviu e desviou a vista.

Lázaro então pensou: "Pronto! Agora é que vou apanhar mais". Mas o Carmelo não lhe surrou naquele dia; deitou na rede e dormiu que nem um porco cansado de fuçar.

10. LÁ, SEREMOS FELIZES

> "Sim, os sonhos e as cigarras flutuam sob as folhas. E era como se todos estivéssemos flutuando juntos. A loucura não tem antepassados. E os sonhos estão cheios de loucura e ela, de sonhos."
> Carlos Nejar
> (*O livro do peregrino*)

Lázaro esqueceu o nome da vizinha, mas o de sua filha Raquel jamais esqueceria. Quando a mulher saía de casa, ele e a menina brincavam no quintal. Varinha branca e flexível, três anos mais jovem do que ele, subia nos cajueiros e goiabeiras a fim de apanhar os frutos, deixando entrever o seu sexo de criança debaixo da calcinha rendada.

Um dia ela achegou-se de mansinho, e, sem que ele esperasse, tapou-lhe os olhos com as mãos e pediu que adivinhasse quem estava lhe vendando. Nesse instante, já não parecia infantil. Ele sentiu os pequenos seios da menina amassando-lhe as costas. Querendo eternizar o momento, não respondeu. Duas mãozinhas trêmulas e suadas apertavam seu rosto. Pela vibração dos dedos, sentiu o corpo de Raquel fremir.

Lázaro teve certeza de que Raquel também sentia sua respiração ofegante e a febre que incendiava seu corpo. Ela ainda não sabia cuidar nem mesmo de si, mas se preocupava com o amigo — rosto machucado pelas espinhas, cabelos estorricados pelo sol inclemente do equador e sua magra e desengonçada estrutura. Mas não sabia expressar esse sentimento com palavras. O mesmo acontecia com Lázaro, um nó embargava-lhe a garganta. Jamais esqueceria aquele dia. Antes que encontrasse forças para dizer qualquer coisa para Raquel, a menina aplicou-lhe um beijo na boca. Tantos anos depois, esse beijo ainda queima seus lábios e o enlouquece, pois o levava a crer que era o garoto mais amado entre todos, e, ao mesmo tempo, o mais desprezível. Pois, mal acabou de beijar, Raquel afastou-se correndo e por muitos dias não o procurou. Perplexo, o garoto se perguntava por que sua amiga agia assim.

Raquel se escondia, às vezes, entre as árvores do quintal, e não havia quem a encontrasse, mas, quando menos Lázaro esperava e nos lugares mais improváveis, ela reaparecia.

Duvido que no mundo tenha havido um caso como esse. Lázaro amou Raquel como jamais um menino amou uma menina; dormia e acordava pensando nela, e esse sentimento parecia aumentar a cada nova esquisitice da menina.

Raquel era mesmo muito estranha; tudo nela sugeria mistérios. Para começar, era em tudo diferente da mulher que dizia ser sua mãe. Raquel era branquinha e loura, magra que nem uma varinha de pescar, enquanto a mulher era uma caboclona morena e atarracada. Lázaro não podia afirmar nada sobre possíveis semelhanças entre Raquel e o cego que definhava no fundo de uma rede e que todos diziam ser pai da menina, pois jamais o vira. Comentava-se que o homem, antes de ficar cego, tinha sido um grande fazendeiro que perdera toda a fortuna e tornara-se dependente daquela mulher.

Nessa época, o Carmelo pôs Lázaro para trabalhar na horta da Companhia. Trabalho penoso, ao qual se submetia até com alegria, pensando que no fim do dia, ao voltar para casa, podia tentar, de algum modo, encontrar-se com Raquel.

Certa vez, ao chegar do trabalho, soube que o cego havia morrido e já o haviam enterrado. Pensou que o incidente fornecia até um bom pretexto para ir à casa de Raquel. Ninguém o impediu.

Raquel estava lá. Ele olhava para ela, olhava... mas não a viu chorar pela morte do homem. Não estranhou esse fato, e nem era para estranhar, pois a menina, como já disse, era muito esquisita. Lázaro, no entanto, não devia parecer menos esquisito aos olhos da menina. Certa noite, depois de enterrarem o homem, aconteceu algo que ele nunca saberia explicar.

Consumido pela insônia, o rapaz revirava-se em sua rede. Imagens disformes e presenças sombrias o impediam de dormir. Então, lá pelas tantas, levantou-se da rede e foi apalpando as paredes da casa até alcançar a porta e saiu para a estrada.

Impossível explicar como Lázaro conseguiu entrar na casa da vizinha e ser visto apenas por Raquel. Falando baixo, convenceu-a a ir com ele até o Porto Novo, sem nenhum motivo senão ir até lá. Ele não tem memória do que aconteceu durante o percurso, só lembra de quando já estávam lá. De repente, como se Raquel não tivesse caminhado com ele até lá, Lázaro encontrou-a sentada na proa duma canoa, pálida e mirrada, bem menor do que era; achou isso estranho, mas não deu importância, pois conhecia as esquisitices de Raquel.

— *Che rori catu nde rurari* (estou muito contente com a tua vinda) — disse-lhe Raquel, numa língua estranha, pondo-se a cantarolar a seguinte cantiga, enquanto Lázaro entrava na canoa ([35]).

... *Arêp arêpê tuérut*
Quiát oiquêt-tap-capêi
Arêt arêpê tuérut.

[35] No sonho de Lázaro, Raquel fala *tupi* antigo. (N. do E.)

Tradução: ... *Vim cantando/ De onde durmo vim cantando/ Eu vim cantando...*

Ele entendia o que a menina dizia, mas se sentiu incapaz de falar nessa língua estranha.

— Fala em português — pediu-lhe.

— *Intimahã, ixé maué*, não posso, sou *maué* ([36]) — respondeu ela, e explicou que, em represália às excursões punitivas que o povo *maué* sofreu dos portugueses, as mulheres foram proibidas de falar a língua dos invasores.

Lázaro puxou a face de Raquel para si e ela não resistiu; passou a ponta do dedo em sua pele e esta lhe pareceu suave e um pouco fria.

— Olha pra mim — disse-lhe. — Branca é tua pele e louro é teu cabelo, mas teu rosto é oval e teus olhos são amendoados como a pevide do *abiu* ([37]). Qual é o teu mistério?

Com um sorriso tímido, como a guia da palmeira que se esconde entre a ramagem, Raquel respondeu:

— Meu mistério? Talvez seja igual ao teu. E, apalpando o rosto do amigo, continuou: — Vês? Debaixo da pele clara tens uma fina camada escura, e teus olhos são negros como os do *mutum* ([38]).

— Mamãe disse que meu pai era índio, mas não o conheci, morreu quando eu tinha oito meses — disse Lázaro.

— Do que ele morreu?

— A peste do pântano o matou e também matou meu avô — explicou.

— Também não tenho mãe — falou Raquel. — Essa mulher que me cria não é minha mãe; apenas foi uma das mulheres do

[36] Etnia indígena do tronco *tupi*, cujos remanescentes vivem hoje ao sul da ilha de Tupinambarana, no Estado do Amazonas. (N. do E.)

[37] Fruto do abieiro, de baga negra e oblonga, recoberta por fina polpa amarela e doce. (N. do E.)

[38] Do tupi *mi'tu:* Ave galiforme de coloração preta, barriga e coberteiras inferiores da cauda vermelhas, ponta da cauda branca, base do bico avermelhada e olhos muito negros e amendoados. (N. do E.)

velho cego, cujo rosto nunca viste. E, depois de um silêncio, continuou: — Lembro de uma índia de olhar tresloucado, que batia na porta do fazendeiro Shimith, como se o conhecesse há muito tempo, e era escorraçada depois de engolir o bocado que lhe davam na mesma *cuia* ([39]) em que comia o Dog, o cachorro de estimação da família, pois a coitada teimava em invadir a casa à procura de "Maíra", nome que ela me dava e que em língua de índio quer dizer Sol. Sem saber por que, sentia-me atraída pela "louca", como a chamavam. Sentava em seu colo e via a ternura e o desespero que se misturavam em seus olhinhos amargurados. Quando se sentia ameaçada, farrapos de sons e grunhidos, como um trapo que se rasga, saíam da sua garganta. Eu compreendia o seu desespero e acompanhava-a com iguais grunhidos, que feriam os ouvidos da gente branca. Então me arrancavam dos braços da índia e a peso de pancadas faziam a miserável correr esbaforida rua afora, mas depois de alguns dias ela voltava à procura de comida, do velho e de mim, até que não mais voltou e todos se esqueceram dela, menos eu, que sempre me lembrava, mas não tinha coragem de perguntar quem afinal era aquela mulher que gostava tanto de mim. Um dia, porém, a verdade se revelou: a índia era a minha mãe. Soube que o Sr. Shimith trouxera-a para trabalhar numa de suas fazendas e acabou embuchando-a. Depois que eu nasci, expulsou a infeliz da fazenda e levou-me para a cidade, entregando-me aos cuidados da Madame Onorina, sua esposa, que, apesar do ciúme dos filhos legítimos, tratou-me como filha. Quando Madame Onorina morreu, vim com meu pai, já cego, para junto dessa mulher que hoje cuida de mim.

— Tudo isso é muito triste — disse Lázaro.

— Sim. Muito triste — concordou Raquel. — É como dormir e acordar num brejo fedorento.

— Nossas histórias são bem parecidas.

[39] Do tupi, *Ku'ya*; vaso feito do fruto maduro da cuieira, depois de esvaziado do seu miolo. (N. do E.)

— Há uma desgraça na origem, entranhada na alma.

— Uma desgraça que a gente, por mais que se esforce, não consegue esquecer.

— E nos faz rejeitar a nossa parte derrotada e odiar a vencedora.

— E também amar e odiar a mesma pessoa...

Interrompendo o que o menino Lázaro, lá de dentro de mim, dizia-lhe, Raquel perguntou subitamente:

— *Ereru nde caramemó?* Trouxeste as malas?

"Que malas?", pensou Lázaro, enquanto a menina seguia falando como se não o escutasse.

— *Rerecó será apacuitáua?* Trouxeste os remos? — insistiu a menina.

"Que remos?", pensou Lázaro.

— *Erea-pucui ro*! Então rema! — ordenou Raquel, estendendo-lhe um remo que ela mesma trouxera.

— *Mame queeté?* Para onde?

— Vês?! *Renhehê tupi indê ikó!* Já estás falando tupi! — exclamou ela.

— Eu quero falar, mas não sei; *aba nheenga* (fala de índio) é muito diferente — disse Lázaro, em português, mas a menina escutava em tupi.

— Olha só o que disseste: *"Aba nheenga"* (língua dos índios). A língua dos antepassados corre em teu sangue, Lázaro! Entendes o que tô dizendo?

— *Pá*. Sim.

— Então rema! *Erea-pucui ro!* Vamos para o *Noçoquem* ([40]), onde mamãe plantou o pé da castanheira — ordenou Raquel.

Lázaro pegou o remo e começou a remar.

— Sentes o cheiro que vem de lá? — tornou Raquel, apontando com o beiço, à maneira dos índios, para a escuridão da outra margem do rio.

[40] Lugar mítico para o povo *maué*, correspondente ao Éden. (N. do E.)

— Sim, tô sentindo — disse o companheiro, e continuou remando.

— É o perfume da castanheira — disse Raquel. — Sabes que o Noçoquem é muito *iporanga* (bonito)? *Guaraci*, o sol, brilha. *Ibaca*, o céu, é azul. As flores têm belo perfume. *Iaci*, a lua, é *murutinga reté poranga* (branca e bonita). No Noçoquem tem tantas coisas *catu* (boas). Tem *tapirusú* (tapir grande). Tem *suasú* (veado). Tem *tajasú* (porco do mato). Tem *aguti* (cotia). Tem *jacu*, *mutum*, *macacuá*, *inambu-uasú*, *picuí* e outros pássaros. Tem também *paarati*, *acará-uaçú*, *acará-peba*, *acará-pitanga*, *acará-mirim*, *acari*, *aracu*, *jaraqui*, *pirapitinga*, *matrinchã*, *curimatá*, *pacu*, *pirarucu*, *piraíba* e outros peixes... Ah, quanta coisa boa tem o Noçoquem. Rema, Lázaro! A *coema-piranga* (aurora) já vai chegar, temos pouco tempo. Quando derem pela nossa falta, virão nos buscar. Rema, Lázaro, fujamos de *Cicantá* ([41]), esse lugar maldito, que de tão ruim significa breu. Cheguemos logo ao Noçoquem! Lá, as terras são férteis e as matas cheias de caças; na sombra da frondosa castanheira descansaremos. Rema, Lázaro! Rema!

— Tô remando, mas parece que a gente não sai do lugar; acho que tô sonhando — disse-lhe Lázaro.

— Então sonha, Lázaro, pois sonho que é muito sonhado um dia acontece.

E a *cunhantã* ([42]) tornou a cantar a velha cantiga:

... Arêp arêpê tuérut
Quiát oiquêt-tap-capêi
Arêt arêpê tuérut.

Tradução: ... *Vim cantando/ De onde durmo vim cantando/ Eu vim cantando...*

---

[41] Espécie de Inferno ou Purgatório na mitologia *maué*. (N. do E.)

[42] Moça, em tupi. (N. do E.)

Lázaro imagina uma maneira de retornar ao seu acanhado mundo. Na verdade, não quer voltar à vida mesquinha que leva nas mãos do Carmelo. Mas precisa voltar. A miserável vida em Cicantá parece mais segura do que essa viagem destrambelhada no meio da escuridão. Ao seu lado, parecendo muito confiante, Raquel olha fixamente para o outro lado do rio e aponta, como que divisando algo que só ela consegue enxergar.

— *Mahata remahã?* O que vês? — perguntou Lázaro.

— O Noçoquem! Ele está lá. Já enxergo a frondosa castanheira! Olha pra ela, Lázaro! — diz Raquel, apontando para a noite densa.

— Não quero olhar! — responde o companheiro.

— Por quê? Tens medo? *Recequiié será*?

— Sim, tenho medo.

— Não tenhas medo, lá não tem fome nem dor e ninguém teme a morte, pois Deus levou o primeiro mundo dos índios para o céu, e os que ficaram (*sucuris, surucucus*, *jiboias*, os encantados) resolveram fazer pra eles outro mundo do corpo da própria irmã. Se ela ficasse com a face para o céu, nunca morreriam; mas ficou com a face para a terra. Então ela disse aos irmãos: "Vocês me fizeram terra. Está bem. Pois vos chamarei, sempre, para minha companhia". E assim, tranquilos, aguardam a hora de se encontrarem com a irmã. Aqui em Cicantá é diferente: quem não teme a morte é taxado de *acanga uiua* (louco), mas tolo é quem fica em Cicantá, onde há fome e peste e o ar é parado. Vamos para o Noçoquem, Lázaro! Oh, desejo comer as belas frutas que existem lá!

Continuando a remar, Lázaro diz para si mesmo: "Ela sou eu, tudo é o meu pensamento".

Mas Raquel é forte, muito forte; o rapaz não consegue controlar o seu desejo, que era mais forte do que ele e vai levando-o às regiões mais profundas de si mesmo. Rema e pensa num meio de escapar do pesadelo.

— Sabe, Raquel, não passas de um fantasma que me atormenta a cabeça. Larga-me! Noçoquem não existe.

— Existe sim! Lá está ele! Não vês os pássaros que tem lá? *Guairaietá ibaquipe obebé.* Passarinhos no céu voam. Oh, como são lindos os pássaros do Noçoquem!

— Passarinhos que nada! Vazio imenso, solidão e desespero é o que há — replica-lhe Lázaro.

— Alegra-te, Lázaro!

— Não há motivo para alegria. Noçoquem é loucura!

— Loucura é a vida besta que levamos em Cicantá. Lá é *aepe iporanga reté* (muito bonito). Se me levas para o Noçoquem, caso contigo.

— Eu remo, mas a canoa não sai do lugar!

— Se pensares "eu quero ir para o Noçoquem", então nós iremos.

— Mas eu não quero ir para o Noçoquem!

— Queres ficar para sempre neste lugar fedorento? O Noçoquem é melhor. Doce é seu perfume e gostosas suas frutas! Olha pelo menos uma vez para o Noçoquem, Lázaro!

— Não quero olhar!

— Se eu ficasse aqui contigo, o que me darias? Tens vinho? Tens Pão?

— Não, não tenho.

— Tens linha de anzol?

— Não, não tenho.

— Tens *panacu (cesto), patuá (caixa), mirá péua (mesa), íra (algodão), amaniú (prego), itapúã será*?

— Não, não tenho.

— Tens facho de pescar, corda do arco, o arco?

— Não, não tenho.

— Afinal, *rerecó será mahã catu*, tens alguma coisa boa?

— Sabes que não tenho nada de bom, *intimahã xá recó mahã catu*, sou pobre e desprezível.

— Não fala assim. Rema! Se não me levares para o Noçoquem, outro me levará.

— Loucura! Quem foi ao Noçoquem jamais voltou para contar como é lá.

— Entendes agora por que me acham esquisita? Sou do Noçoquem, lá nasci, só lá terei cura. Queres saber quem eu sou?

Enquanto Lázaro rema, Raquel conta-lhe a sua história.

— Todo lugar tem seu dono — começou dizendo. E continuou: — Mamãe era dona do Noçoquem, um lugar encantado onde plantou uma castanheira. Ela não tinha marido, mas toda gente da selva, homem ou bicho, queria viver com ela, pois era uma *cunhã-mucu porã-poranga* (moça muito bonita). Os seus a queriam sempre em sua companhia, porque conhecia as plantas com que preparava os remédios. Mas certo dia uma cobrinha conversando com outros animais disse que mamãe acabaria sendo sua esposa. Quão ardilosas são as cobrinhas! Pois esta espalhou pelo caminho, por onde mamãe passava todos os dias, um perfume que alegrava e seduzia. Quando mamãe passou, aspirando o perfume, disse: "Diacho! Que perfume agradável!". E isso foi sua desgraça, pois a cobrinha, que estava próximo, disse a si mesma: "Eu não disse? Ela gosta de mim!". E, correndo, estirou-se mais adiante para esperar a presa. Quando mamãe passou ao seu lado, a pequena serpente tocou levemente numa de suas pernas, ficando ela logo prenhe — porque antigamente uma mulher olhada por alguém logo engravidava, fosse homem, animal ou árvore que a desejasse para esposa. A tribo não aceitava que mamãe se casasse com alguém; por isso, quando apareceu grávida, ficaram furiosos. E falaram, falaram e falaram, dizendo que não queriam vê-la com filho. Mesmo assim, numa barraca feita por ela mesma, nasci. Vendo que a tribo rejeitava a minha mãe, a "cobrinha" levou-a para viver com ela numa de suas fazendas, onde balbuciei as minhas primeiras palavras e desejei comer as frutas do Noçoquem, mesmo não tendo lembrança de como elas eram, pois saí de lá muito novinha. "Filhinha, um dia voltaremos para o Noçoquem, de onde nunca devíamos ter saído", dizia mamãe, e falava da famosa castanheira que ela, antes de me sentir nas entranhas, havia plantado, para que um dia eu comesse os seus frutos. Mas, como sabes, papai expulsou a mamãe da fazenda e levou-me para a cidade; nunca mais soube dela. Agora, se eu comer o fruto da castanheira, deixo de ser esquisita. Leva-me para o Noçoquem, Lázaro! Lá, seremos felizes.

— Não posso, tenho medo — disse Lázaro.

— *Iaquaimuçáua!* Tolice! Vês? Lá, tudo é real! O dia amanhece e os pássaros cantam na copa das árvores.

Lutando contra o medo, Lázaro parou de remar e olhou para onde Raquel olhava; em vez da radiante aurora do Noçoquem, enxergou a claridade mortiça de mais um dia que ia chegando a Cicantá; em vez do canto da passarada no cimo da castanheira, ouviu o lúgubre piar do *acurau* ([43]), seu velho conhecido, que caçava insetos nas árvores do quintal.

Ao longe, muito longe, um galo começou a cantar, sendo imitado por outros galos, e seu canto trazia esperança, mas a respiração resfolegada do Carmelo, a poucos passos, reconduziu-o ao mundinho obscuro e acanhado ao qual parecia estar condenado. Ainda ouviu Raquel, ao longe, dizendo: "Vem comigo para o Noçoquem. Lá, seremos felizes". E flagrou-se falando: *"Xe anhõ, xe sieim, i abaib xe rapé"* (estou só, estou órfão, difícil é meu caminho).

Estremeceu ao pensar que talvez estivesse louco, pois se lembrou de que há pouco remava na proa de uma canoa que não saía do lugar, e, agora, na sua velha e puída rede, sentia-se igualmente preso. "Será que eu existo?", perguntou a si mesmo, em pensamento. Então gritou, saltando da rede: "Raquel, espera! Vou contigo para o Noçoquem!"

---

[43] Do tupi, *wacurawa*: ave noturna que se alimenta de insetos. (N. do E.)

— Te aquieta, menino! Ainda é noite! Deixa de besteira! — ralhou o Carmelo, mexendo-se em sua rede.

Lázaro voltou a deitar-se, mas sentiu que seu corpo saía estrada afora até alcançar a beira do rio, onde encontrou a mesma canoa, mas estava vazia. "Raquel foi-se embora", balbuciou tristemente.

Cruzando com os vultos que dia prestes já andavam pelo Porto Novo, voltou para casa.

Está só. Não se lembra do que aconteceu pelo caminho. Ao deitar-se, pensou: "Bruma, bruma, bruma! Será isso a existência?!"

Pelo resto da noite ouve o respirar pesado do Carmelo.

"Foi tudo um sonho", conclui, aliviado. Mas, novamente, sobressaltou-se ao ouvir uma voz tão nítida que lhe perfura os ouvidos:

— És Lázaro? — pergunta a voz.

— Sim — responde Lázaro.

— Te trouxe um recado — diz a voz.

— Da parte de quem? — pergunta o rapaz.

— De Raquel — torna a voz.

— Onde ela está?

— Longe, muito longe.

— O que ela quer?

— Nada, pois onde está de nada precisa.

— O que queres me dizer?

— Raquel nos deixou, libertou-se do sonho, renasceu!

— Não é possível! Ainda há pouco estava comigo.

— Engano teu, meu caro; há muito foi enterrada — diz a voz.

— Como se deu isso?

E a voz contou o que aconteceu com Raquel.

... Arêp arêpê tuérut
Quiát oiquêt-tap-capê
Arêt arêpê tuérut.

Tradução: ... *Vim cantando/ De onde durmo vim cantando/ Eu vim cantando...*

A canção nascia no coração da mãe e saía de sua boca de um modo tão triste, mas ela estava feliz, pois a sua filhinha, que havia partido, retornou para ela. De manhã, Lázaro soube que Raquel havia morrido naquela noite, de uma doença que ninguém conhecia, e, à tarde, foi enterrada. Pelo resto de sua vida levaria essa menina dentro de si para todos os lugares.

11. TEMPO DE GUERRA

"Estava feliz ou ligeiramente conformado em prosseguir.
Avante, alguém gritava em suas entranhas."
Assis Brasil
(*Os que bebem como os cães*)

Pensando na mãe que há dois anos o deixara sozinho nas mãos do Carmelo, Lázaro ia, todos os sábados, às 2 da tarde, para a frente da casa olhar a estrada, que se perdia entre as seringueiras, na esperança de que o caminhão do Manuel Rufino, o mesmo que um dia o trouxe do Porto Novo para Belterra, trouxesse também sua mãe, pois não há mal que dure para sempre e nem bem que nunca se acabe. Certo sábado, o milagre aconteceu. De longe reconheceu o caminhão — grande e sujo de poeira. Seu coração disparou quando o caminhão apitou: piiiiiiiii... Lázaro enxergou a mãe na carroceria do caminhão, mas, como este sempre passava e a mãe não descia, pensou que ainda desta vez fosse ilusão. Mas não era. Era mesmo a mãe que ele via ao lado de outras pessoas na carroceria do caminhão, mas só teve certeza de que não estava sonhando quando o caminhão parou e sentiu que dois braços o abraçavam, quase o sufocando, e um rosto de mulher, do qual ainda lembra todos os dias, encarava-o com os olhos cheios de lágrimas. Sentindo as lágrimas que saltaram do rosto da mulher pingarem em sua testa, teve certeza de que era mesmo a mãe e não sonho.

"Sim, é mamãe que voltou!", Lázaro gritou lá dentro de si, com todas as forças da sua alma, sentindo voltar-lhe a esperança. A mãe estava de novo com ele, bonita, forte e sadia; nada nem ninguém já podiam lhe fazer mal.

Na vida acontecem tantas coisas, umas boas e outras ruins, que certas coisas nem é bom uma pessoa lembrar. O menino cresceu, sumiu-se no mundo e por muito tempo ninguém falou sobre o que lhe aconteceu. A mãe, porém, jamais o esqueceu. Contava a história do menino aos pedaços, como não querendo fazer-se entender, de modo que a história do pequeno Lázaro, que também é a minha história, precisa ser remontada. É isso que tento fazer. É por isso que, por uma necessidade só minha, escrevo e reescrevo livros que só a mim importam e talvez ninguém se interesse em ler. Pouco importa, mesmo, que não leiam; é o meu segredo, a minha história.

Até então, Lázaro não sabia o que era estudar. Na vida dura que foi obrigada a levar, sempre na cama ou na cozinha, a mãe não teve oportunidade de estudar, mal sabia ler e escrever, e o pouco que sabia aprendeu sozinha. Mas dava muita importância ao saber. Quando chegou do Lago Grande, colocou Lázaro na escola que havia em Belterra — bonita, todinha de madeira, feita pelos norte-americanos. Ia dia sim dia não, pois tinha que trabalhar. Aprendeu, assim, alguma coisa. Verdade que quase nada, porque pouco tempo depois foram transferidos para outro local.

Era 1940, a II Guerra Mundial havia arrebentado, a vida tinha ficado difícil, quase impossível, faltava tudo, principalmente o açúcar. Conseguiam-se às vezes 100 gramas num comércio, 100 gramas noutro. A mãe mandava-o comprar açúcar, e ele passava o dia nas estradas. As vendas eram longe, e ele tinha que ir ao comércio lá de cima e depois descer ao porto, na beira do rio

Tapajós. Em tal comércio estão vendendo açúcar, alguém dizia. Corria para lá. Na Vila Bode, um dos bairros de Belterra, ficava o Arnaldo Freitas, comerciante português. "Estão vendendo açúcar na loja do Freitas!", melhor notícia não havia. Lázaro pegava a sua roda de bicicleta e saía batendo nela com um pauzinho, como se ela fosse o carro e ele o motorista; três horas de viagem, o tempo todo correndo e nem via o tempo passar; quando dava por si já havia chegado à loja do Freitas, onde tinha ainda que enfrentar uma monstra fila; tudo isso para, depois de várias horas, conseguir uma bolota de açúcar — 100, quando muito 200 gramas, a cota que vendiam para cada pessoa.

Assim era a vida do menino naqueles dias. Mal chegava à loja do Freitas, tinha de novo que se mandar, pois surgia notícia de que em tal lugar estavam vendendo açúcar. Com sua rodinha, não temia distâncias, sempre descalço, não sabia o que era sapato.

Nessa época, chegaram os seus dois irmãos, Orlando e Junito. Orlando veio do Lago Grande com a mãe, pois morava lá com a vó Gitoca e o velho Teodoro. Quanto ao Junito, a mãe mandou Lázaro buscá-lo no Lago Grande, onde morava com um comerciante de madeira chamado Zezé, que tinha uma mulher alta e muito bonita. Zezé comerciava, mas era o Junito quem se lascava, pois era ele, e não o Zezé, quem carreava a madeira do centro da mata até a beira do Lago. Vida desgraçada essa de trazer a madeira que os homens cortavam lá no centro, rolos enormes, numa carroça puxada por seis bois, por uma estrada apertada, até o porto.

Quando Lázaro chegou à casa do Zezé o Junito não estava. Zezé disse que o Junito tinha ido buscar madeira e só voltaria depois de três dias. Zezé também disse que Lázaro podia ir lá onde estava o Junito; uma carroça ia para lá naquele dia. Lázaro aceitou a oferta, pegou a sua trouxa de roupa e se acomodou na carroça. Viajaram o dia todo e à noite chegaram onde o Junito estava.

Alguém anunciou:

— Junito, chegou teu irmão!

O Junito veio e ele e Lázaro se abraçaram, da parte de Lázaro com muita emoção, pois era a primeira vez que ele se encontrava com esse irmão. Já o Junito deu um abraço frouxo em Lázaro, do jeito que ele sabia, pois sempre foi um cara frio, na verdade, seco. No outro dia, voltaram para o porto. Para sempre ficou gravada na mente de Lázaro a zoada das rodas da junta de bois, duas rodas grandes, de madeira, com uma fita de ferro: Viiii-Viiiiiii-Viiiiii...

Do centro da mata até a casa do Zezé era um dia inteiro de viagem! No dia seguinte, Lázaro e Junito pegaram um barco para Santa Irene e de lá foram para Belterra.

Foi assim que Lázaro se encontrou com Orlando e Junito, que tinham mais de quinze anos e se alistaram na Companhia. Lázaro só tinha treze anos e, para trabalhar na Companhia, teve que se registrar como se tivesse quinze, sendo agora três para trabalhar: Orlando, Junito e Lázaro. Com o Carmelo, eram quatro.

No fim do mês, dia do pagamento, pegavam o salário e entregavam para a mãe, não ficava nada com eles, nem mesmo para comprar um sapato, andavam descalços. Mas nem a mãe se beneficiava do salário, que ia parar nas mãos do Carmelo — melhor dizendo, dos taberneiros de Belterra ou do Porto Novo, onde, depois do trabalho, Carmelo bebia todo o dinheiro.

Certo sábado, como sempre fazia, o Carmelo foi ao Porto Novo e de lá voltou às 3 da tarde, bêbado, ou pelo menos assim parecia. Desceu do carro cambaleando — também pudera, bastava uma gota de álcool para deixar o danado com as pernas bambas. Entrou em casa desarrumando e gritando, com a voz pastosa:

— Guida, sua puta, onde estás? Aparece!

Sabendo onde a mãe, nessas ocasiões, se escondia, o Carmelo foi até ela e meteu-lhe um pontapé na bunda e, com um relho de umbigo de boi que guardava especialmente para essas ocasiões, aplicou vigorosas lapadas na infeliz, vindo, em seguida, como um touro enfurecido, na direção dos meninos, pois se acostumara a bater nos menores depois de surrar a mãe. Não eram só lambadas que aplicava nos coitados; eram tapas, pauladas, ripadas, rasteiras, arpoadas e outros afagos. Nesse dia, porém, em vez de se esconderem, resolveram enfrentá-lo. E o Carmelo, vendo os porretes que traziam nas mãos, reteve o relho e quedou-se olhando para a cara dos fedelhos, como que pasmado. Foi quando o primo Ferreira, moleque forte e destemido, deu um passo à frente e falou como gente grande:

— Escuta, Carmelo, se bateres de novo na titia Guida, a gente te mete o porrete!

Lázaro então pensou: "É agora que o Carmelo vai virar bicho". Mas, nada disso. Quando viu cada um dos moleques com um porrete, prontos para avançarem contra ele, o valentão esfriou. Esfriou mesmo. Foi para dentro da casa e deitou-se em sua rede, e dormiu. E a turma ficou por ali, pensando que quando o Carmelo acordasse é que ficaria mais perigoso, pois se levantaria sóbrio, no juízo dele, e ia querer se vingar.

Lá pelas 6 da tarde, o homem se acordou, levantou-se da rede, mas, em vez de avançar contra eles, chamou:

— Guida!

A mulher perguntou o que ele queria, e o Carmelo disse:

— Vem cá.

Os meninos então pensaram: "Porra! Agora vai bater nela".

E nada da mãe vir, continuava lá no seu canto, com medo.

— Tem janta? — o homem perguntou.

Criando coragem, ou por estar com muito medo de apanhar, a mãe apareceu e arrumou a mesa, e o Carmelo sentou-se para comer.

— Vem comer comigo! — mandou ele.

— Não, eu já comi — respondeu a mulher, ressabiada. Ele insistiu para que viesse. Então o Orlando disse:

— Vá, mamãe, vá lá comer, a gente te vigia daqui.

Lázaro jamais esqueceria a cena: o homem comendo na cabeceira da mesa e a mulher à sua frente, cabisbaixa, sem comer; ele e ela, calados. Depois de um tempo, aconteceu o que ninguém esperava: o Carmelo pôs a mão sobre o braço da mulher e começou a bater assim de leve — pá, pá, pá — num gesto como que de carinho; pela primeira vez viam o homem tratar assim a mulher. Em seguida, para aumentar o espanto, o homem começou a chorar. Foi também a primeira vez que viram o Carmelo fraquejar; a primeira e a última. Ele não reagiu nem quando o primo Ferreira, que era mesmo muito abusado e não levava desaforo para casa, vendo que o Carmelo chorava, atreveu-se a dizer-lhe:

— Escuta, Carmelo: de hoje em diante, o dia que tu bateres na titia tu vai ter que bater em todos nós!

Como um animal vencido, o homem, com todo aquele seu corpanzil, já lhes parecia pequeno, sem ânimo, quebrado. Por um instante, Lázaro teve coragem de fazer o que nunca fizera: encarar o Carmelo sem tremer e sem baixar a vista. Pela primeira vez enxergou o homem no seu verdadeiro tamanho: grande e bruto, mas, ao mesmo tempo, pequeno e frágil, muito frágil. Não deixou de temê-lo, mas, a partir daquele instante, quebrou-se o feitiço. Lázaro compreendeu o sentimento confuso que tomava conta dele toda vez que via o Carmelo chegar do Porto Novo tropeçando nas pernas e atoleimado, depois de ter sido depenado pelos amigos de copo e pelo taberneiro, os quais, como as moscas e os carrapatos que chupam o sangue do touro, sugavam-lhe as forças e o dinheiro. Vendo o Carmelo ao mesmo tempo grande e pequeno, forte e fraco, corajoso e covarde, Lázaro percebeu esse sentimento estapafúrdio, de pena e solidariedade, que brotava dentro dele, pelo homem que lhe surrara tantas vezes e ainda o surraria tantas outras vezes. Muitos anos mais tarde, o Carmelo morreria nos braços de Lázaro, ao 82 anos de idade, acometido por um câncer em estágio terminal, mas, antes que desse seu último suspiro, o brutamonte olhou-o nos olhos como uma criança fita os olhos do pai e sussurrou no seu ouvido: "Perdoa-me, Lázaro, por todo o mal que te fiz; fui covarde contigo, assim como o mundo foi covarde comigo, pois fui maltratado desde o ventre materno e acho que isso me fez odiar a todos e reagir contra tudo e todos, fosse homem ou mulher, adulto ou criança, animal ou gente humana; eu não cria que existisse ou tenha existido uma pessoa — uma sequer! — capaz de apanhar sem se defender. Fui violentado sem poder reagir, e por isso passei a odiar o desamparo da criança que um dia fui e deixou de existir; passei a vida a maldizer a hora em que nasci, a raça humana para mim não passava de uma monstruosa aberração; o Cristo, que amou até aqueles que o crucificaram, sempre foi para mim uma fraude, invenção de mentes fracas e desesperadas; não concebia que Cristo fosse modelo para qualquer homem; preferia crer na Terra sem Mal, da qual me falaram em criança, antes de ser expulso com minha mãe da aldeia onde nasci e ficar desgarrado por esse mundo, que nem alma penada; preferia crer que a alma do homem, quer este faça o bem ou o mal, jamais perece, e, se era assim, para que um Salvador? Agora sei que não é assim. Mas de que adianta saber disso agora, a descoberta chegou tarde, não tenho mais tempo para desfazer o erro". E, depois de uma pausa, o infeliz prosseguiu, num cicio quase inaudível: "Agora, oh ironia do destino, o algoz está nas mãos da vítima. Anda, Lázaro, liberta-me do sofrimento, faz comigo aquilo que só não fiz contigo porque todo malvado, na verdade, é um covarde que teme a sua própria sombra. Mata-me, antes que eu morra de uma morte natural, pois não a mereço".

Foram essas as últimas palavras do Carmelo, de quem Lázaro cuidou até o seu último instante, com o mesmo desvelo que dedicaria ao pai que não chegou a conhecer.

A partir daquele dia, as coisas melhoraram para a mãe e os meninos. Não que o valentão tivesse medo dos pequenos; não tinha medo de ninguém e de nada — o seu chefe que o diga: caiu na besteira de se atrever com o Carmelo e acabou levando uma tremenda surra, e por isso, no mesmo dia, o homem, a mulher e os meninos foram expulsos da Companhia e tiveram que ir de *mala e cuia* ([44]) para Santa Irene.

[44] "De mala e cuia": expressão cabocla que quer dizer mudar-se de um lugar para outro levando consigo os móveis e utensílios da casa. (N. do E.)

12. ANTI-HERÓI

"Pois é difícil para uma mulher arder
sempre pelo mesmo homem."
Ovídio
(*A arte de amar*)

Para ser aceito como trabalhador da Companhia, aumentaram a idade de Lázaro em dois anos. Quando de fato completou dezoito anos e foi convocado para o Tiro de Guerra ([45]), precisou tirar nova certidão de nascimento diminuindo a idade em dois anos. Nisso de aumentar e diminuir sua idade, Lázaro já nem sabia quando havia nascido. A mãe dizia que nascera em 1934, mas, de tanto tira e põe, tinha lá suas dúvidas.

O ano que passou na caserna foi um ano bom: a merreca que lhe pagavam de soldo não dava para se sustentar; em compensação, comia o rango dos soldados até se esbaldar, pois nunca foi luxento e cumprir ordem era o seu forte — se bem que, depois de servir de besta-de-carga para muita gente, Lázaro aprendeu que um homem precisa às vezes dizer *não* quando esperam dele um sim. Contudo, ainda serviu de besta-de-carga muitas vezes nessa

[45] Seção auxiliar das Forças Armadas encarregada de passar aos jovens recrutas os rudimentos básicos do serviço militar. (N. do E.)

vida, pois aprendeu outra coisa, tão ou mais importante que a primeira: é melhor se passar por covarde e sobreviver do que ser um herói morto; fácil é mostrar-se valentão e perder o pescoço, difícil é assumir as fraquezas sem desistir da luta.

Lázaro fez muitos amigos no Tiro de Guerra, mas isso não o ajudou em absolutamente nada. Quando terminou o seu tempo de serviço, ninguém chegou e lhe disse: "Lázaro, como és um rapaz honesto e bem-mandado, vem trabalhar comigo". Ao contrário, as melhores portas se fecharam, e foi obrigado a aceitar o estafante ofício de servente de pedreiro, aquele cara que, literalmente, "põe a mão na massa", enquanto o pedreiro senta os tijolos. E já nem esse serviço lhe ofereceram, acabando por se deixar recrutar por um comerciante que precisava de homens para o corte da juta no Paraná de Alenquer, onde passou dois anos cortando juta, com água pela cintura.

Foi um tempo desgraçado. Lázaro tinha dois dentes estragados, e isso era uma tragédia: não havia um só dia em que não chorasse com dor nos dentes.

Quando chegou à casa do patrão, em Alenquer, este lhe disse:

— Vais trabalhar com um *aviado* ([46]) meu, o Expedito; vais cortar juta com ele.

Lázaro disse:

— Tudo bem.

Um empregado de nome Rufino levou-o.

Moravam lá o Expedito, a mulher deste e o Antonico, primo do Expedito, rapaz magro e espigado. Expedito era clarinho, baixinho e magrinho. A mulher, por sua vez, era uma morenona bonita pra danar, que sofria, por isso mesmo, com a maledicência popular. Dizia-se, à boca pequena, que ela gostava de entregar sua fruta a qualquer passarinho e que um cunhado do patrão, caboclo forte e atarracado, que morava em Alenquer, metia-lhe a cunha,

---

[46] Pessoa que trabalha para outro sob a dependência de mantimentos fornecidos por quem o contrata para os seus serviços. (N. do E.)

uma vez que a brecha da cabocla seria larga e profunda demais para um marido tão *jitinho* ([47]).

Chegaram à casa do homem, no Paraná de Alenquer, umas 8 da noite. Tinha *carapanã* ([48]) que só a desgraça; passaram a noite em claro. Não tinha rede para dormirem. Lázaro se deitou sobre uns fardos de juta que estavam no quarto — quarto fechado, com um monte de juta dentro, um forno. E haja dor de dente! Ele não se aguentava, chorava mesmo. Então a mulher do Expedito vinha, pegava tabaco, cortava, migava e botava no fogo — chéééééé — com óleo e com banha, e metia o morrão de algodão, com o unguento, na boca de Lázaro, para queimar e passar a dor. Aliviava um pouco, mas a quentura logo esmaecia e a dor voltava mais forte. De manhã, chuva, chuva, chuva, chuva... Dentro de casa, Lázaro se encolhia. Mas o trabalho com a juta não tem horário.

— Vamos para o roçado, pessoal! Vamos para o roçado! — gritava o Expedito.

Era dia de lavar juta. O Antonico, o Expedito e a mulher, e outros rapazes que vieram para ajudar, embarcaram na canoa. Lázaro também se arrumou para ir.

— Tu não vai, passaste a noite toda com dor de dente; botaram remédio na tua boca; com a água da chuva podes pegar uma doença — disse-lhe o Expedito.

— Estás doido, rapaz?! — gritou o Antonico.

De nada adiantou lhe falarem. Quando embarcavam, Lázaro pulou dentro da canoa, no meio da chuva, gritando:

— Vou com vocês! Não vou ficar aqui em casa!

Foram embora, no meio da chuva. A mulher, preocupada com Lázaro, pois era cuidadosa, boazinha, meio índia e bonita, e diziam que gostava duma cunha dura também.

“A turma foi chegando ao roçado e logo caindo n’água — tiébemmmm! Debaixo d’água estava queimando de frio”.

---

[47] Pessoa ou objeto pequenino. (N. do E.)

[48] Mosquito que se alimenta de sangue humano, conhecido nas cidades como “pernilongo” (N. do E.)

— Não, não vai dentro d'água! — gritou a mulher, mas Lázaro, já molhado, pulou de cabeça dentro d'água. Mergulhou lá no fundo e abriu a boca, enchendo-a de água. Nessa hora, ao entrar água em sua boca, sentiu uma pontada lá no fundo, parecendo que lhe tinha arrebentado a cabeça — ziiiiip. Ele havia botado remédio quente a noite toda! Tirou a cabeça da água, gritando.

— O que foi? — perguntaram.

— Rapaz, senti uma dor! — respondeu Lázaro, gemendo.

— Ai, sai d'água! Foi doença que te pegou! — gritou a mulher do Expedito.

"Sai d'água que nada!", pensou Lázaro. Mergulhou novamente. Três vezes mergulhou lá no fundo e abriu a boca. Na segunda vez, aconteceu a mesma coisa; já na terceira, foi fraquinho. Pois não é que isso foi um remédio?! A raiz do dente estragado espocou e, como por milagre, Lázaro nunca mais sentiu dor de dente! Continuou trabalhando com o patrão.

Há muita ciência no corte da juta. Você planta a juta no verão, na época da vazante do rio, quando a terra da margem está seca; a árvore cresce em poucos meses, até ficar grande; assim que caem as primeiras chuvas do inverno e a água começa a cobrir o pé da árvore, o pessoal começa a cortar, e tem que cortar rápido, pois as águas do rio podem cobrir tudo em poucos dias. O pessoal corta, faz os feixes, joga dentro da água que vem subindo, põe pau em cima para afogar; entre doze e quinze dias a casca do pau amolece, o caboclo descasca o tronco e puxa a fibra, que serve para fazer saca de lona, de estopa e de *sarrapilha* ([49]), ela sai inteirinha, até nos galhos. Depois o pessoal lava, seca no sol e vende para o comércio, que revende para as fábricas, que, por sua vez, beneficiam a juta, que vira pano, vira saco. Pena que tudo isso morreu; a fibra de plástico tirou a vez da juta.

[49] Alteração cabocla da palavra "serapilha" ou "serapilheira", espécie de pano grosseiro sem acabamento, de juta ou de outra fibra vegetal análoga, usado para confecção de fardos; aniagem. (N. do E.)

Lázaro trabalhou um bom tempo para esse camarada, que brigava com a mulher e ela com ele, por causa da fama de sacana que ela tinha. O caboclo nunca flagrou a mulher com outro homem, mas o povo falava. Os dois só viviam de beijinhos e abraços; ela chamava-o de "meu filhinho", e ele de "minha filhinha", mas, por qualquer coisinha, se desentendiam e se estapeavam.

Todo sábado o pessoal ia ao comércio, onde morava o cara que acochava a mulher, um caixeiro. Eram duas horas de canoa para ir e duas para voltar. Um dia, quando os dois pombinhos voltavam de lá, começaram a brigar. Dizem que o Expedito viu a mulher abraçada com o caixeiro no armazém, e então discutiram asperamente a viagem inteira. Chegando à barraca, continuaram brigando, briga feia, de boca.

As águas tinham subido. A casa, de *maromba* ([50]), feita com pau da *imbaubeira* ([51]) estava lotada de juta. Juta não cheira, mas é quente e tem poeira; o pessoal tinha que dormir ali, disputando espaço com as galinhas que o Expedito criava, já que as águas haviam coberto as árvores que serviam de poleiro.

Ainda brigando, a mulher colocou a janta na mesa. O pessoal jantou e não ela. Ela se emburrou e quando se emburrava não falava, não comia.

O casal tinha um mosquiteiro para se defender dos carapanãs na hora de dormir. Já Lázaro e o baitola do Antonico se viravam como podiam, matando carapanãs com palmadas.

Naquela noite, a mulher se meteu debaixo do mosquiteiro e ficou lá emburrada, enquanto Lázaro, Expedito e Antonico sentaram para jantar. Nisso, o Expedito chama a mulher para jantar, mas ela, discutindo com ele, disse que não vinha, e se insultaram — "filho da puta!", ela para ele; "filha da puta!", ele para ela. Era assim que se tratavam, quando brigavam; eles, que só viviam se

[50] Espécie de jirau (construção de madeira) onde se põe o gado por ocasião das cheias do rio Amazonas. (N. do E.)

[51] Árvore da umbaúba ou imbaíba (do tupi: "ãba'ib", árvore oca) da qual se tiram tábuas para assoalho. (N. do E.)

beijando "tchoc tchoc" e se chamando de "minha filhinha, meu amor". Ela não veio, e ele voltou a comer, mas a peste da mulher não se conformou: continuou a insultar, acabando por chamar o homenzinho de corno.

— Corno! Corno! — gritava a mulher.

Pra quê! O homem, que era baixinho, vermelhinho, miudinho e ligeiro pra danar, lançou mão do terçado de cortar juta, que vivia enfiado na parede de palha, pulou e correu atrás da mulher e, com aquele baita facão amolado, ia torá-la ao meio, mas, ao pular, Lázaro saltou atrás dele e, quando o homem suspendeu a mão e já ia arriar o terçado sobre a mulher, abraçou-se com ele e deu um empurrão, derrubando a porta e caindo os dois dentro d'água, com terçado e tudo.

Lázaro, que já era um moleque forte e acostumado a brigar, conseguiu sair d'água antes do outro. Então o Antonico lhe falou:

— Puta merda, Lázaro! Agora vai ser contigo! Quando ele vier de dentro d'água, tu vais ver!

Então Lázaro pensou: "Se ele vier, pulo n'água", e ficou preparado. E o homenzinho, no escuro, que nem um pinto molhado, pegou no esteio da maromba e subiu. "Pronto! Agora ele vem!", pensou Lázaro. E o baixinho veio, subiu na maromba, mas, em vez de partir para cima de Lázaro, ficou quieto e calado, talvez até agradecido, porque, se o companheiro não tivesse se metido, ele teria matado a mulher com o terçado. Expedito trocou a roupa, enxugou-se, foi para a sua rede e, sem dizer palavra, dormiu.

Como roncos de trovão e berros de marido passam depressa, de manhã homem e mulher já estavam de novo de beijinho pra cá e "meu amorzinho" pra lá. Era uma sacanagem só, naquela casa.

Curioso que a mulher, que até foi sempre bacana com Lázaro, desse dia em diante, em vez de lhe agradecer por tê-la salvado do facão do marido, ficou de mal com ele e nunca mais lhe dirigiu palavra, e ninguém soube por quê, fazendo o nosso anti-herói perder-se em devaneios: "Será que ela achou ruim de eu ter impedido o marido de dar-lhe uma sova?". Não creio, pois nenhuma mulher gosta de apanhar. Ou será que ela ficou com medo de que o marido pensasse que Lázaro e ela tinham um caso? Sabe Deus! Sabe lá o que se passa na cabeça de uma mulher!

Dias depois, terminaram o corte da juta do Expedito e os fardos foram entregues ao patrão. Havia outros *juteiros* ([52]) na região, alguns deles atrasados no corte — e se a juta não é cortada rapidamente, a enchente vem e cobre o pé, amolece e aprodece o tronco, e a juta se perde.

Acabado o corte do jutal do Expedito, um rapaz chamado Batista convidou-os para dar uma mão no jutal dele, que estava com o serviço atrasado. Foram para lá. A juta já tinha sido cortada, mas faltava a lavagem. Sem nenhuma modéstia, Lázaro se gabava de ser muito bom na lavagem de juta. Era verdade. Naquela redondeza não havia, não havia mesmo, quem a ele se igualasse. A lavagem era por produção. Lázaro lavava de 200 a 300 quilos de juta por dia. Era mesmo bom para lavar juta e orgulhava-se disso, pois sempre foi trabalhador; acreditava que com o suor do seu rosto um dia ainda seria rico, mas, como esse dia parecia nunca chegar, consolava-se dizendo para si mesmo que nenhum homem honesto se enriqueceu de um dia para outro.

O tal Batista era um caboclo alto, forte e brigador que só diabo. Na região do Paraná de Alenquer era "o touro", todo mundo o respeitava; quando chegava a uma festa, todos beijavam os pés dele; quando se aborrecia, acabava com a festa, botava homens e mulheres dentro d'água, todos tinham medo dele; era o bom mesmo, um monstro também para lavar juta. Ao chegarem lá, o Expedito disse ao Batista:

— Olha, Batista, trouxe aqui um cara que vai te enfrentar; é um caboclinho macho na lavagem de juta; só quero ver quem vai lavar mais de duzentos quilos por dia!

---

[52] Cortadores de juta. (N. do E.)

O Batista soltou uma gargalhada. Chamando Lázaro de "moleque", disse que o botava no bolso. Lázaro ficou meio intimidado. Então o Expedito falou no seu ouvido: "Lázaro, capricha! Não vai deixar esse caboclo ganhar".

Lázaro caiu n'água, pôs um pau sobre outro, feito *jirau* ([53]), e encheu de feixes de juta. E foi lavando, esfolando o tronco e puxando — tié... tié... Formava o feixe, amarrava a cabeça do feixe e sacudia dentro d'água — tiéeee, tiéeee, tiéeee... — a casca que saía se amontoava ali.

Quando chegaram, o tal Batista já estava dentro d'água lavando juta. Achava-se o máximo; trabalhava galhofando dos companheiros. Com o desafio, ficou ainda mais falastrão. Gritava, conversava, cantava. E Lázaro ali, trabalhando, caladinho — pá, pá, pi... pá, pá, pi...

Às 3 da tarde, o Expedito disse:

— Vamos embora, pessoal? Tá na hora!

Não podiam demorar mais. Do jutal até em casa ainda tinham pela frente uma hora de viagem, de canoa.

— Vamos entregar a juta — disse o Expedito.

— Também vou embora! — gritou o Batista.

O pessoal enrolava a juta e a entregava já pesada.

— Agora é que a gente quer ver quem é o bom! — gritaram os companheiros na hora da pesagem.

— *Axi* ([54]) que vou perder para esse fedelho! Arranco o meu saco e jogo aos cachorros se eu não ganhar! — garganteou o Batista.

E pesaram a juta. Não deu outra: Lázaro ganhou do Batista em 26 quilos!

— Ôooo rapaz! Cadê o Batista?! — todos exclamaram. Foi aquela avacalhação que a turma fez em cima do Batista! — Tá vendo, Batista? Agora tu encontraste! — gozava o pessoal.

---

[53] Do tupi: "yi'rab". Estrado de varas sobre forquilhas cravadas no chão, usado para guardar panelas, pratos, legumes e outras coisas. (N. do E.)

[54] Interjeição jocosa, herdada do tupi ("a'xi"), que exprime espanto, desdém ou zombaria, ainda muito usada pela população cabocla da Amazônia brasileira. (N. do E.)

O Batista era um caboclo bacana; perdeu a aposta mas não a pose; apenas soltava gargalhadas. Aliás, dizem que não perdia a alegria mesmo quando se zangava e partia pra briga. Gritava e saltava, quanto mais feia se mostrasse a situação, mas era opinioso. Nos dias seguintes, não deu o braço a torcer, continuou bafento, mas não quis mais apostar, pois sabia que ia perder. Depois dessa, tornou-se amigo de Lázaro.

13. A COBRA DO LAGO

"Não há grades que me prendam,
nem muros que me retenham.
Arrombei grades, saltei muros
e eis-me aqui de novo."
Martins Pena
(*O noviço*)

Atrás do Paraná de Alenquer, do lado de lá, já na terra-firme, havia um lugar chamado *Curicaca* ([55]), onde todo sábado tinha festa. Para chegar lá, o pessoal atravessava a *restinga* ([56]) do paraná e varava num lago grande, uma bacia, cheia de jacarés.

O Batista namorava uma das cinco filhas de um vizinho. Lázaro também se encostou por lá na outra filha do homem, moleca bonitinha, carinha de anjo, mas sonsa pra chuchu.

Certo sábado, o Batista lhe disse:

— Lázaro, hoje tem festa no Curicaca, vamos lá?

[55] Ave presente em grande parte do Brasil onde haja vegetação aberta e lagoas, campos em solos pantanosos ou periodicamente alagados, como na Ilha de Marajó (Pará) e Pantanal. Seu nome popular é onomatopaico, semelhante ao som do seu canto, composto de gritos fortes. (N. do E.)

[56] Faixa de mato composta de capins e outras vegetações, às margens de igarapé ou rio, a qual, por ocasião das grandes cheias de inverno, aflora, enquanto o terreno permanece submerso. (N. do E.)

O nosso herói não era contra festas, até gostava de ir, mas tinha certo temor, pois não havia uma festa que não terminasse em porrada, de maneira que disse "vambora" sem muita convicção.

— Vambora, vambora, não te preocupa, porra! Tu vais comigo e ninguém te fará mal! — garantiu o Batista, valentão como sempre. — Olha, se tu fores, leva a tua moleca, porque vou levando a minha; vai ela e todas as irmãs — arrematou Batista, referindo-se às filhas do tal vizinho.

— Vou pedir pro velho; se ele deixar... — disse Lázaro.

— Não precisa pedir, a gente vai, tô levando! — garantiu Batista.

Combinaram de se encontrarem sábado à tarde na casa do Batista. E assim foi. Sábado, lá pelas 4, Lázaro e o Antonico foram à casa do Batista. Este e sua turma já estavam arrumados — cachaça que só diabo! — na canoa, canoa grande, de vela. Batista disse:

— Lázaro, as mulheres já foram na frente com o irmão delas; nós vamos atrás.

Pegaram a canoa, espicharam a vela, e o pau surrou. O Curicaca não era tão longe; o pessoal enxergava bem o outro lado. Chegaram lá umas 6 da tarde. Festa no interior começa cedo. Esta já havia começado e ia animada.

O que era "a festa"? Umas vinte mulheres, quando muito, e aquele bando de machos, muitos machos, que chegavam e logo se metiam na cachaça, ficavam porres, caíam n'água, se atolavam no barro, levantavam-se e caíam de novo, uma lama danada.

O Batista era alto, forte e bonitão; gostava de andar bem-vestido e tinha um papo capaz de agradar a qualquer pessoa, mas possuía um defeito, aliás, dois: era falastrão e gostava de cachaça. Chegou lá e logo encheu a cara. Lázaro disse pra ele:

— Batista, pelo amor de Deus, não vai brigar.

Foi o mesmo que pedir o contrário, pois já saiu para a festa com a intenção de brigar. Para o Batista, festa sem porrada não era festa, não tinha graça.

— Se quiserem brigar, "nós" vamos brigar! — respondeu Batista, já se incluindo no fuzuê.

"Nós que nada; não gosto de confusão", pensou Lázaro, mas o circo já estava armado e o pau logo surrou.

O Batista dançava e gritava, mandava tocar, era o mestre-sala, senhor da situação, tomou conta da festa. E Lázaro lá, no arrasta-pé com a sua moleca, vendo a hora da coisa estourar. Lá pela meia-noite veio um caboclo puxar a dita dona com quem ele dançava, a sua namorada — bem, pelo menos ele achava que era. O cara estava porre e todo molhado. Primeiro a garota fez que não viu e continuou com Lázaro. O cara insistiu. Ela disse que não ia. Pra quê! Uma mulher fazer desfeita a um homem numa festa no interior da Amazônia era (e ainda é) coisa feia e humilhante, que quase sempre acaba em morte. O caboclo partiu para cima dela a fim de dar-lhe um tapa. Lázaro só teve tempo de afastar a moleca com um empurrão e meteu um tapa no pé do ouvido do valentão, que afundou com o focinho no chão do salão. Ele e os parentes dele eram de lá mesmo do Curicaca. Virou um fuzuê dos diabos, um pé de porrada.

O Batista, que só queria um motivo para brigar, quando viu aquilo veio de lá que nem bicho. Puxou a pistola de dois canos, que trazia debaixo da camisa, e deu dois tiros para o alto, gritando:

— Apareçam, seus filhos da puta!

Dispersão geral. Só se via mulher gritar e homem correr e pular — "tiepeim" pra cá, "tiepeim" pra lá, "tiepeim" pracolá — dentro d'água.

O Batista e a sua turma, todos porres; sóbrio só Lázaro, que nunca bebeu para ficar porre.

Quando tudo serenou, o Batista voltou ao barracão de dança e gritou para os músicos, os únicos que não fugiram:

— Pessoal, toca essa porra aí por minha conta! Vamos dançar.

E o som rolou. O que era a "música"? Um violão e um tamborzinho, e nada mais. E a festa recomeçou. Aos poucos, o salão foi de novo se enchendo, mas só homem se atrevia a voltar, só macho, chega fedia; demorou para as mulheres reaparecerem.

A dança reiniciou em clima tenso, o tempo fechado, e sentia-se que a qualquer momento ia cair tempestade. Os parentes do ofendido não iam deixar a coisa passar em branco. Ah, não iam não! Iam se armar e a qualquer momento voltariam para se vingar.

— Rapaz, sabe o que é melhor? Vambora! — Lázaro disse ao Batista. A namorada dele, por sua vez, disse a mesma coisa, chorando.

— Então vamos — concordou Batista.

Enquanto a turma do Batista embarcava numa canoa, o irmão das meninas suspendeu as velas da outra canoa e se mandou com elas.

O vento estava fraco quando suspenderam a vela e começaram a travessia do lago. O Batista e o resto da turma, que haviam enchido o rabo de cachaça, jogaram-se no porão da canoa e dormiram que nem porco gordo, sobrando para Lázaro, que não havia bebido, pegar no leme e ir levando a canoa.

O lago era grande, cheio de capinzal e nele vivia muito jacaré, muito mesmo. Na noite escura que nem breu, não enxergando quase nada, Lázaro pegou a lanterna do Batista, grande e cabeçuda, de seis elementos, e focava de vez em quando o capinzal da margem. O foco batia no olho de tantos jacarés que pareciam as lâmpadas de uma cidade.

Dizem que naquele lago havia uma cobra-grande. Lenda ou não, o pessoal acreditava. A cobra morava ali e a cobra-grande é isso: quando boia, o olho parece farol de carro. E, no que Lázaro focava a lanterna, o pessoal que ia na canoa da frente pensou que fosse a cobra-grande que vinha atrás deles. Que desespero!

Do outro lado do lago, na restinga do paraná, a única passagem era por cima da canarana, um capim ruim que só diabo, felpudo que nem folha de cana, que deixava o corpo do pessoal cheio de pico. Os que iam na frente, fugindo da cobra-grande, tinham que acertar o caminho.

O vento havia cessado completamente. Lázaro pôs-se a empurrar a canoa com o remo, a turma ainda dormindo no porão da embarcação. De vez em quando focava a lanterna, também procurando o dito caminho. E os da frente, pensando que o foco fosse o olho da cobra-grande, remavam, remavam: — vapt, vapt... Quem dormia acordou, e os porres logo ficaram bons. Remavam com tanta precipitação que acabaram errando o maldito caminho; meteram a canoa em qualquer lugar, até ela se engatar. No desespero, vendo a "cobra-grande" cada vez mais perto, pularam n'água, no meio do capinzal.

Canarana é um capim danado, cresce grosso em cima d'água; se você andar ligeiro sobre ele, não afunda, mas se parar um bocadinho — tiummmmm — afunda que nem prego. E bateram os braços e se arranharam todos até alcançarem a terra. Milagre ninguém ter se afogado ou virado pasto de jacaré.

De nada sabendo, Lázaro veio remando com toda calma, parou no porto e acordou a turma com um grito, pois resolveu dormir o resto da noite na casa do Batista.

Do jeito que chegaram, suados e enlameados, jogaram-se sobre os fardos de juta e dormiram num só ronco até de manhã. Acordaram às 8 e desceram para o rio, todos nus; tomaram banho e voltaram. Em seguida, sempre na galhofa, lembrando da festa, foram assar peixe e tomar café — peixe ali havia muito, cada tambaquizão.

— Hoje ninguém vai trabalhar, já é muito tarde! — falou o Batista, sem necessidade, pois quem não sabia que depois de uma festa ninguém faz nada?

Morgaram o resto da manhã. Lá pelo meio-dia, o Batista falou:

— Vamos à casa das garotas?

— Vamos — concordou Lázaro, de pronto, todo animado, pois só pensava na "sua" moleca.

Mas só ele e o Batista foram para lá, pois a porcaria do Antonico, que era *panema* ([57]) que só diabo com mulheres, voltou para a casa do Expedito.

A casa do vizinho não era longe; chegaram logo lá. Encontraram tudo num grande silêncio. Bateram palmas, mas ninguém atendeu. Entraram devagar e encontraram somente a velha e o velho na cozinha do barraco.

— Cadê o pessoal? — perguntaram.

— Ainda estão dormindo — responderam os velhos.

— Mas, a esta hora?! — retrucou o Batista.

— É, estão todos doentes — responderam os anciãos.

— Doentes? Do quê? E as meninas? — perguntou o Batista.

— As meninas? Estão na rede, todas feridas, arranhadas — disseram os velhos.

— Feridas do quê?

— Do quê? Nem lhe conto, vizinho! Ontem de noite, quando vinham da festa, foram atacados pela cobra-grande! — explicaram.

— Mas como? Não tinha cobra-grande! — Lázaro e Batista estranharam.

— Tinha sim! Eles viram o fogo da cobra-grande — insistiram os velhos.

— Não pode ser! Eu vinha atrás deles e não vi essa cobra! — garantiu Lázaro.

Nada tirava da cachola dos velhos que os filhos foram atacados pela cobra-grande. Só Lázaro sabia o que de fato havia acontecido. Eles, muito porres, erraram o caminho e, com medo dos focos da lanterna que ele atrás vinha fazendo, jogaram-se na canarana e ficaram todos feridos.

Os velhos deixaram que eles vissem as molecas.

[57] Palavra tupi, que quer dizer pessoa vítima de feitiço, infeliz na caça, na pesca e na vida; azarado. (N. do E.)

Caramba! As pernas, as coxas, o punho dos braços, todo o corpo delas estava em carne viva. As feridas se inflamaram depois, e o nosso pequeno e gabola garanhão teve que esperar três semanas para mostrar à sua cabocla, sobre os fardos de juta da casa do Expedito, que a cobra-grande era ele.

14. UM POBRE FELIZ

"A cada manhã, ia o infeliz com aquele
ar de felicidade e andar altivo
a engolir vento pelas ruas."
Lazarilho de Tormes
(*narrativa anônima do século XVI*)

Era junho, mês da festa de Santo Antônio, em Alenquer. Dois dias antes da festa, o Expedito disse:

— Olha, vou à festa, eu e minha mulher; vocês ficam.

Lázaro e o *pongó* ([58]) do Antonico ficaram.

A cheia no Amazonas estava no pico; água e capim por todo lado. A casa era uma maromba, lá em cima, sobre compridos barrotes, único lugar onde se podia ficar. Lá ficaram Lázaro e Antonico, dormindo sobre fardos de juta e morrendo de medo da monstra sucuriju que aparecia dentro de casa de vez em quando.

Lázaro se lembrou do que aconteceu certa tarde, quando ele, o Expedito e o Antonico estavam dentro d'água lavando juta enquanto a mulher, lá na casa, construída sobre a maromba, sentada num caixote, consertava uma roupa. De onde estavam

[58] Indivíduo simplório, abobalhado, tolo.

enxergavam a mulher. De repente ouviram um grito seguido de pedido socorro: "Uiiiii... Pelo amor de Deus, uma cobra!"

Os três homens correram para onde estava a mulher. A sucuriju tinha vindo por baixo do assoalho da maromba e metera sua cabeçorra através da fresta da madeira. Quando chegaram, a serpente já havia laçado um pé da mulher e ia puxando sua apetitosa presa para o fundo do rio. Com a gritaria que fizeram, a bicha largou o pé e — chuáááá — sumiu dentro d'água.

De vez enquando viam a cobra à espreita de nova oportunidade, mas nunca dava jeito de matá-la. Vinha para pegar as galinhas que dormiam em cima da coberta de palha da casa; só restavam um galo e três frangotas.

— Botem as aves dentro de casa — ordenou o Expedito, antes de partir para Alenquer.

Não foi fácil. A enchente naquele ano foi tão grande que tiveram que elevar várias vezes o assoalho da casa. Elevaram tanto o assoalho, que tinham que andar abaixados para não quebrarem as testas e seus respectivos adornos na cumeeira. Para completar o aperto, tinham que dividir o espaço com as galinhas, que dormiam na travessa abaixo da cumeeira, cuidando para que as empenachadas não defecassem em suas cabeças.

Defronte de casa, do outro lado do paraná, morava um fazendeiro que tinha muitas filhas. Todos os dias, às 6 da tarde, Lázaro e Antonico entravam na canoa e iam para lá, com o pretexto de jogar baralho com o dono da casa.

Baralho uma ova! Iam mesmo era por causa das filhas do homem. Ficavam lá às vezes até 10 da noite. Se o homem deixasse, ficariam a noite toda, pois voltar para casa passou a ser um pesadelo. A enchente tinha subido tanto, que a casa estava quase toda debaixo d'água; para entrar, tinham que passar por um rasgo na cobertura de palha, um arremedo de porta no vão dos caibros; ao saírem, fechavam o buraco com uma saca de lona.

O Antonico era um moleque grandão mas muito medroso. Tinha medo da própria sombra, não ia de noite a lugar nenhum sem que Lázaro o acompanhasse. Certa noite chegaram em casa bem tarde, escuridão para todo lado, só se ouvia sapo coaxando e o Antonico se cagando de medo. Amarraram a canoa no esteio da maromba e ficaram parados na frente da porta. Luz? Só de uma lamparina, que não alumiava nada. Tinham que esconder a chama na concha da mão senão o vento apagava.

E ficaram naquele negócio:

— Entra tu — dizia Lázaro ao Antonico.

— Não! Tu que entra! — retrucava Antonico.

Na verdade, não era só o Antonico que tinha medo; a diferença era que Lázaro sabia disfarçar. Acabaram entrando, Lázaro na frente e o Antonico atrás. A lamparina tinha se apagado.

— Acende a luz, Antonico — disse Lázaro.

Antonico pegou o fósforo e acendeu. Quando clareou, Lázaro viu aquele monstro rolo de cobra. A visão da bichona os paralisou por completo.

Quando a fera quer pegar uma presa, ela se enrola e, na hora de dar o bote, levanta a enorme cabeça e joga o rabo, laçando e acochando sua vítima; não morde, pois tem dentes pequenos, e, se morde, não tem veneno.

Era a dita sucuriju, velha conhecida, que já tinha enrolado e ia acochando o velho galo. Quando o Antonico viu a danada, deu um pulo e gritou muito feio — Aiiiiiiii... Esse grito, que quase mata de pavor o nosso herói, não amedrontou a monstra, que continuou lá, ultimando seus preparativos para engolir o infeliz galo. Lázaro, com voz entrecortada, conseguiu dizer:

— Antonico, pega o terçado! (Antonico pegou o terçado) — Agora vai mais perto e corta a danada — ordenou Lázaro, cheio de iniciativa, mas, na verdade, estava se borrando de medo. Pois uma sucuriju é enorme e tem uma força descomunal, mas é um animal delicado, que afrouxa sua presa e foge se sentir-se ferida, por menor que seja o ferimento.

— Corta a bicha, Antonico! Corta logo! — gritava Lázaro.

A serpente estava com a cabeça sobre o assoalho, bem à mostra; o terçado era grande e amolado, dava até para decepar-lhe o pescoço com uma terçadada.

— Corta a bicha, sacana! — Lázaro repetia.

— Aiiiiiii — gritava o Antonico.

— Corta a bicha, filho da puta! — esguelava Lázaro, cheio de coragem mas bem afastado. E a bichona lá, quieta, acochando o galo. Então Lázaro arrancou o facão das mãos do Antonico mas, em vez de chegar perto e cortar de cheio a cabeça da serpente, desferiu o golpe dali mesmo, de modo que apenas a pontinha do terçado atingiu o alvo, produzindo um cortinho de nada, do tamanho da sua coragem, mas o suficiente para que a serpente fugisse levando o galo, restando três frangas e a certeza de que a sucuriju voltaria. E agora? Como dormir?

— Eu não durmo aqui — disse o Antonico.

— Temos que dormir; o Expedito deixou-nos para vigiar a casa — disse Lázaro, tentando animar o companheiro.

— Não durmo aqui — repetiu Antonico.

— Se não dormires, não durmo também — disse Lázaro.

— Vamos para a casa do vizinho — sugeriu Antonico.

Na mesma hora entraram na canoa e foram para a casa do homem, que se riu até quase chorar ao ouvir o relato dos dois medrosos, porque cobra para os ribeirinhos é a coisa mais corriqueira do mundo, nem as crianças têm medo, e as mulheres gostam de puxar sucuriju pelo rabo e matar lá em terra. Os dois foram motivo de galhofa.

— Antonico, vamos voltar; a gente não pode deixar a casa sozinha — disse Lázaro.

— Melhor vocês voltarem; a casa é de palha e está cheia de juta; vai que passa um caboclo e bota fogo! Roubar não rouba, mas pode tocar fogo — disse o homem.

Não teve jeito, voltaram. Lázaro, que fazia do medo coragem, teve trabalho para convencer o Antonico a entrar. Mesmo ele, que posava de confiante, deitou na rede com medo e não dormiu a noite inteira. Só duas semanas depois o Expedito e a mulher voltaram.

Mas nada mais tinham que fazer ali; o serviço da juta havia terminado e passaram vários dias só comendo e bebendo. Lá mesmo, no Paraná de Alenquer, um camarada que estava com o serviço atrasado veio pedir ajuda; a juta dele não tinha sido cortada e já se perdia dentro d'água. Foram para lá.

Esse camarada possuía gado e dinheiro; a casa dele era grande e avarandada, toda de assoalho. Deu dois quartos e uma cozinha para eles se alojarem, e lá se acomodaram — Lázaro, Antonico, Expedito e a estranha e tinhosa mulher deste último.

Desde o dia em que Lázaro a livrou do terçado do Expedito, ela, sabe-se lá por quê, nunca mais falou com ele; parecia ter raiva dele, querer dominá-lo, fazer dele um criado. Mandava-o cuidar do peixe, lavar prato, torrar café, coisas que não estava acostumado a fazer. Lázaro obedecia, pois sempre foi bem-mandado, mas aquilo foi irritando. Na verdade, essa mulher, sem que ela mesma o soubesse, pode ter sido a primeira feminista em terras amazônicas. Ela fazia o mesmo com Antonico, que um dia falou para o Lázaro:

— Rapaz, essa mulher quer fazer a gente de criado.

Por isso o Antonico não gostava da mulher, que também não ia com a cara dele, não se falavam, mas, como ele era primo do Expedito, não podia ir embora. Com Lázaro era diferente; não era obrigado a ouvir desaforos nem aceitar maus-tratos de ninguém, principalmente da mulher do Expedito. Ele era dono do seu nariz, mas não se achava totalmente livre, pois a verdade é que, neste mundo, quem não manda é mandado, quem não é dono termina sendo escravo disfarçado de empregado. Lázaro sabia que ninguém ali podia segurá-lo, ainda mais porque ele tinha saldo na mão do patrão; não sabia quanto, mas tinha, pois só trabalhava e não tinha vícios, não gastava com nada, nem mesmo com roupa. Para que roupa? Só precisava de uma camisa e uma calça para os dias de festa, pois cortador de juta passa os dias dentro d'água, a bem dizer nu, cortando juta. A vida lá era assim.

Naquele ano não deu para cortar grande parte da juta, e esta ficou lá no fundo, apodrecendo, mas tinha que lavar o que foi cortado. O seu Pedro, dono da casa, disse:

— Vocês ficam lavando a juta e eu vou passar uns dias na cidade; a casa é de vocês.

E lá ficaram lavando a juta.

Antigamente, a mulher se levantava cedo e fazia o café para o Expedito e também para Lázaro e Antonico. Agora, era o Antonico quem tinha que fazer o café — melhor dizendo, o Antonico e o Lázaro. A mulher ficava esperando na rede. Certo sábado, os dois acordaram cedinho, mas não fizeram o café, pois faltava o pó. Lá pelas 9, o Expedito e a mulher se acordaram.

— Cadê o café? — ela gritou lá na rede.

— Não tem café torrado — respondeu o Antonico.

Então ela escroteou:

— Por que vocês não torraram? Seus preguiçosos! — e continuou a esculhambar.

O Expedito, manso nas mãos da mulher, pulou da rede e fez coro com ela:

— Por que não torraram o café? — e até ameaçou bater no sobrinho.

Dias antes, Lázaro havia contraído uma gripe forte e seu olho inflamou de não poder enxergar, e justamente nesse sábado acordou mal, com o olho fechado. Se isso já não bastasse, ainda tinha que ouvir desaforo da mulher. A lavagem da juta estava no fim, só faltavam uns cem feixes, serviço para menos de um dia.

"Quer saber de uma coisa?", pensou Lázaro. "Vou embora dessa casa; não vim aqui para servir de criado".

Por esses dias, trabalhou com eles na juta um primo da mulher, de nome Miguel, rapaz novo e bem-apessoado. Lázaro e Miguel logo fizeram boa amizade, mas, pouco tempo depois, Miguel voltou para Alenquer, onde morava. Registro aqui esse nome porque quis o destino que o seu caminho e o de nosso herói se cruzassem mais adiante, como verá o leitor.

Pois bem, quando o Expedito terminou de ralhar, Lázaro disse que ia embora.

— Não faz isso, rapaz! Não leva a sério — pediu o Expedito.

— Já decidi, vou embora; fecha a conta, quero o meu saldo — disse Lázaro.

Expedito era aviado dos Brito, comerciantes de Alenquer, donos de muitos barcos. Quando um peão se desligava do serviço, o Expedito calculava o saldo, fazia a nota e o patrão pagava em Alenquer. O saldo de Lázaro foi de 15 cruzeiros e alguns centavos; devia ser muito mais, mas o Expedito era esperto. Lázaro tinha sérios motivos para desconfiar da honestidade do Expedito, mas, ainda assim, era um bom dinheiro.

— Não quero esse papel — disse Lázaro, olhando para a nota que o Expedito lhe estendia. — Prefiro receber em dinheiro.

— Só tenho isso, porra! Não tenho dinheiro! Se quiseres dinheiro, só em Alenquer — falou o Expedito, com raiva.

Lázaro não queria ir à cidade; até que era perto, só umas três horas de viagem, mas dependia de embarcação, e ele lá sabia o que era cidade!? Mas não houve jeito. Pegou a saquinha com a sua rede e os trapinhos e foi para a beira do rio, onde, de sábado para domingo, sempre passava alguma canoa que ia fazer compras em Alenquer.

Ia passando uma canoa e ele chamou:

— Ei, onde você vai?

— Vou para Alenquer — respondeu o canoeiro.

— Me dê uma passagem, que também vou para Alenquer! — pediu.

— Então vambora! — concordou o homem, já encostando a canoa.

Lázaro embarcou e foram embora. A canoa era grande, a viagem durou quatro horas; chegaram às 2 da tarde a Alenquer. Desceu da canoa e ficou lá na beira, com a saquinha nas costas.

"E agora? Não conheço a cidade e nem ninguém aqui; e o que vou fazer com esse olho quase fechado?", pensou.

Acabou indo até ao trapiche, um trapichezinho mixuruca que tinha lá, onde ficou um bom tempo, até que veio um vigia e perguntou quem era ele. Lázaro contou a sua situação, e o vigia, depois de ouvi-lo, disse:

— Rapaz, hoje é sábado, não é um dia bom para encontrar o patrão; o comércio dele está fechado, mas, em todo caso, é bem ali — e apontou para o armazém mais antigo e também o maior da rua da beira, porque os Brito em tudo eram maiores ali em Alenquer, mandavam e desmandavam na cidade. Lázaro agradeceu pela informação e foi para lá.

O armazém, de fato, estava fechado, mas, por sorte, encontrou o *caixeiro* ([59]) da casa, um rapaz alto, magro e espinhento, que tinha ido lá por acaso. Lázaro apresentou-se e mostrou a nota do seu saldo.

— Ah, então trabalhas com o Expedito? — reconheceu o espinhento.

— Trabalhava; quero receber o meu saldo — respondeu Lázaro.

O varapau não criou problema; chamou-o lá para dentro, tirou as cédulas do cofre e entregou-lhe.

---

[59] Empregado em casa de comércio que atende ao balcão; balconista. (N. do E.)

— É bom conferir — disse ele.

— Obrigado, não é preciso — disse Lázaro, menos por confiar no sujeito do que por receio de não saber mais contar dinheiro, que não via há tempos.

O saldo era de 15 cruzeiros; o cara veio com quatorze, pôs na mão de Lázaro e disse:

— O resto eu não tenho; tu levas em compras.

Lázaro estranhou, mas disse:

— Tudo bem...

— O que tu queres? — o outro perguntou.

Lázaro pediu uma *lata de conserva* ([60]) e um quilo de arroz, pois já decidira voltar ao trapiche e ficar lá perto do vigia, onde podia fazer comida numa fogueira; fome não ia passar.

E assim foi. Passou o resto do sábado e o domingo ali. Quem passava olhava-o e seguia em frente, ou parava para conversar, chegando até a comer do seu rango. O vigia matava o tempo coçando o saco e contando-lhe descabeladas histórias, que Lázaro ouvia com prazer e atenção, mesmo sabendo que eram lorotas de um caboclo cheio de imaginação. Ele também contava os seus "causos", não menos cabeludos. Naquela terra qualquer sujeito, por mais lorpa e medroso que fosse, tinha pelo menos uma boa bravata para contar. O vigia escutava-o com o semblante compenetrado, como se de fato cresse no que ouvia, e isso selou a amizade entre os dois.

Alenquer ainda hoje é uma cidade pequena; naquela época era ainda menor. Bastaram dois dias ali, no velho trapiche, e todos já o conheciam.

Na segunda-feira, pensou:

— E agora, para onde vou?

O dinheiro até que dava para voltar para casa, mas disse para si mesmo: "Não vou voltar doente para casa; vou ficar por aqui e

[60] Expressão usada no interior da Amazônia para designar carne bovina ou outro produto animal conservado em recipientes de alumínio. (N. do E.)

ver se arrumo serviço". Lázaro sabia que em casa não teria ambiente, o dinheiro era pouco e logo ia acabar; a situação em casa já era difícil, e com ele lá, sem dinheiro, ia piorar. Por isso resolveu ficar, mas não podia continuar ali no trapiche; as grandes chuvas de março se aproximavam e em breve tudo seria encoberto pelas águas. Bem que gostaria de se estabelecer sob a marquise de algum casarão do centro da cidade, mas sabia que isso não seria possível. Nos casarões moravam as famílias mais importantes de Alenquer.

Então, para onde ir? Não podia ficar perambulando pela cidade.

15. MESTRE CUCA

"O importante não é aquilo que fazem de nós,
mas o que nós mesmos fazemos do que os outros
fizeram de nós."
Jean-Paul Sartre
(*A idade da razão*)

Em Alenquer, até a mais desvalida das criaturas tinha um lugarzinho para se abrigar. Havia pobreza e injustiça, mas não havia a deprimente figura do indigente a pedinchar o pão pelas ruas. A mendicância só era exercida na época das festas religiosas ou folclóricas, mais por costume do que por necessidade. Lázaro precisava dar um jeito na situação; não podia entrar para a História como o primeiro indigente ou mendigo de Alenquer, mas era isso que acabaria acontecendo se o seu dinheiro acabasse e fosse preciso pedir comida aos passantes. Ele tinha urgentemente que achar um cantinho para se abrigar do sol e das chuvas, e também um trabalho.

"Vou para o subúrbio da cidade, onde os pobres costumam abrigar os forasteiros", falou para si mesmo, numa espécie de iluminação. Subiu por uma das ruas da cidade, até chegar ao bairro dos pobres. Ficou indo e vindo até meio-dia; então parou diante de uma casa pintadinha de branco e bateu — pá, pá, pá, pá. Atendeu uma menina e perguntou:

— O que o senhor quer?

Lázaro disse que sentia sede e pediu água.

Em Alenquer, um estranho ainda podia bater na porta de uma casa qualquer e ser bem recebido. A mocinha retornou ao interior da casa. Instantes depois, apareceu um coroa com um copo d'água na mão. Era o pai da menina.

— O que é? — perguntou.

— Quero um copo d'água; tô com sede — pediu novamente Lázaro. O homem estendeu o braço e entregou-lhe o copo.

— De onde tu és? — quis saber.

— De Santa Irene — respondeu Lázaro, antes de levar o copo à boca.

— E agora, o que fazes? — tornou o homem.

— Eu trabalhava na várzea, mas o serviço acabou e agora estou por aqui procurando trabalho — respondeu o forasteiro.

Estavam nessa conversa quando veio lá de dentro o já referido Miguel, primo da mulher do Expedito. Coincidência ou não, era sobrinho do dono da casa.

— Porra, Lázaro! Tu por aqui?! — gritou Miguel ao vê-lo.

— Vocês se conhecem? — perguntou o dono da casa.

— Sim, trabalhamos juntos lá com o Expedito — esclareceu o Miguel. E foi aquela alegria. — O que fazes aqui? — perguntou.

— Procurando serviço — respondeu Lázaro.

— Estamos na mesma situação, pois também ando atrás de serviço — disse Miguel.

O prefeito Oscar Araújo, ao lado dos Brito, era o tubarão de Alenquer; além de casas e barcos, possuía gado e um grande comércio no Km 15 da estrada que saía da cidade e terminava no centro da mata. No Sul do país, cortado de estradas, quinze quilômetros é uma distância insignificante, mas no Norte, onde os rios e os igarapés são a bem dizer a única via de transporte, quinze quilômetros de estrada através da selva fechada e inóspita parecem um prodígio.

— Olha, ouvi dizer que no Km 15 tem serviço; vou pra lá; não queres ir comigo? — disse o Miguel.

— Vambora — respondeu Lázaro.

Era serviço de roçado: plantar banana, feijão, arroz. Na mesma hora foram à casa do seu Oscar Araújo, que já estava entrando no caminhão.

— Vambora! Vambora! — disse *seu* Araújo, depois que o Miguel pediu para trabalharem com ele. Embarcaram no caminhão.

Alenquer tinha a maior produção de castanha-do-pará e estava na época da colheita. Oscar Araújo era dono do maior armazém de castanha.

— Trouxe esses dois para trabalharem aqui com vocês — disse o patrão ao capataz, quando chegaram ao Km 15, já tardezinha de domingo, e por ali ficaram.

De noite, ataram as redes num barracão, sobre montes de castanhas, e aí dormiram. De manhã, depois do café, veio o capataz e disse:

— Vocês não vão trabalhar aqui comigo; quero vocês num roçado novo que estamos abrindo no Bom Futuro, um lugar muito longe, no centro da colônia, a noventa quilômetros daqui; garantem ir para lá?

Responderam, prontamente, que sim. E na mesma hora saíram, mas o caminhão largou-os vinte quilômetros depois, onde terminava a estrada, e de lá voltou. Tiveram que seguir dali em diante a pé, por uma picada recém-aberta que também servia de trilha ao comboio de burros que de quinze em quinze dias trazia a mercadoria para o novo roçado.

Setenta quilômetros pelo meio da mata! A fama desse roçado corria longe. Pela primeira vez o ser humano se metia a plantar tantos coqueiros juntos no Pará, o que parecia absurdo numa terra onde era Deus quem plantava tudo.

Com poucas horas de caminhada, a saquinha de cinco quilos de Lázaro, que lhe servia de farnel, já parecia pesar uma tonelada; os pés ficaram logo em petição de miséria, devido às topadas; a bunda virou uma bolha de tão assada. Já o Miguel, caboclo estradeiro, acostumado a longas jornadas, nada sentia. Enquanto nosso herói gemia, Miguel vinha alegre, cantando e assobiando, era até divertido. Lázaro andava e parava, andava e parava, e nada de chegarem. Lá pelas 4 da tarde, com os pés inchados e doloridos, Lázaro disse:

— Miguel, companheiro; estou na merda, não aguento mais.

— Então vamos parar e dormir — disse Miguel.

Cortaram varas e fizeram um jirau entre uma árvore e outra; subiram, amarraram as redes e dormiram lá bem em cima, porque ninguém queria ser petisco de onça. De manhã, desataram as redes, desceram do jirau e tomaram banho num dos igarapés que correm pela mata, e retomaram a marcha. Foi um dia ainda mais difícil para Lázaro, a perna inchada não lhe deixava andar, pouco progrediram e tiveram que dormir de novo no galho do pau.

Lá pelas 10 da noite, o Miguel falou:

— Vou já gritar, porra! Quem sabe se não estamos perto do *tapiri* ([61]). Vou já gritar!

Lázaro disse:

— Não grita, senão a onça vem!

— Que onça que nada, eu vou é gritar — disse Miguel. E gritou:

— Uaaaaaiiiiiii....

Mal acabou de gritar, ouviu-se um tiro: Peiiiiii... E não é que já estavam bem perto do barracão? E outro, e outro tiro. O pessoal sabia que os dois estavam vindo para o acampamento. Então desceram do pau e ficaram esperando. Passados uns quinze minutos, Lázaro só via focos de luz trançando pelo mato; eram os homens que os procuravam, uns com lanterna, outros com facho

[61] Cabana, espécie de barraca de palha. (N. do E.)

de *caraná* ([62]), outros com lamparina, um bando de homens, numa gritaria dos diabos, até que os encontraram e levaram para o barracão, onde foram apresentados ao capataz, um *cearense* ([63]) baixinho e de pescoço grosso, chamado Joaquim Macedo. Parecia calmo, mas Lázaro depois soube que o homem era grosso não só de pescoço, mas também de temperamento, pois diziam que tinha matado duas de suas mulheres. O irmão da segunda mulher, um tal de Raimundo, trabalhava lá com ele.

— Esses dois vieram trabalhar aqui, seu Joaquim — disseram os homens.

Mostraram o bilhete com a ordem do seu Oscar Araújo. O homem pegou o bilhete, mas era ignorante de tudo, não sabia ler nem escrever e nem fazer contas, só era valente, valente que só diabo. Diziam que havia matado as mulheres porque metiam corno nele; era um sortudo pra isso. Assassinara a última mulher fazia três meses, mas já estava com outra, bem novinha. Ele era feio que só a peste, mas tinha dinheiro, não lhe faltava mulher. Tinha, quando muito, uns 50 anos, mas só gostava de chuchuzinho de 20 para baixo.

— Sabes ler, bichinho? — perguntou. E daí em diante só tratava o noviço por "bichinho".

— Sei — respondeu Lázaro.

— Então lê essa porra pra mim! — mandou o homem, devolvendo-lhe o bilhete. Lázaro leu.

Naquela noite, os cento e quarenta homens do acampamento dormiram tarde. Com a algazarra da chegada de Lázaro e Miguel, todos acordaram.

— Vocês estão com fome? — perguntou o Joaquim Macedo.

— Não muito — os dois responderam, como os caboclos dizem quando estão com fome "pra burro".

[62] Planta de estipe duro e resistente, cujas flores exalam aroma intenso. (N. do E.)

[63] Quem nasce ou procede do Estado do Ceará, localizado no Nordeste brasileiro, de onde saem milhares de pessoas acossadas pelas miseráveis condições de vida provocadas pelas intensas estiagens que assolam periodicamente essa região do Brasil. (N. do E.)

— Ó cozinheiro, faz comida pra eles! — mandou o homem.

A comida lá era *pirarucu* ([64]) e *jabá* ([65]), com pouco feijão e arroz, e muita farinha. Mais que a farinha, só a cachaça: caixas e caixas de cachaça, porque o caboclo até fica sem comer mas não sem cachaça.

Meia-noite e ainda estavam jantando; muitos comeram de novo, só para acompanhá-los. Já era muito tarde quando todos dormiram, mas, às 4 da madrugada, o cozinheiro, o dito Raimundo, cunhado do Joaquim Macedo, já estava de pé; pegava um monte de jabá, cortava em pedaços, colocava dentro de cinco latas de querosene, que faziam as vezes de panelas, e punha sobre o fogo de lenha para assar. De manhã, jabá assado; no almoço, jabá cozido; graças a Deus que a janta era pirarucu seco com mamão verde. Sim, mamão verde, da natureza, que só dava o trabalho de apanhar, descascar e cozinhar. "Nada mal", pensava Lázaro, que nunca foi luxento.

Naquela manhã, Joaquim Macedo colocou um terçado na mão de Lázaro e outro na mão do Miguel. Lázaro ficou preocupado. Chamou o Miguel e disse:

— Rapaz, e agora? Já trabalhei em tudo, mas em roçado ainda sou *brabo* ([66]).

Miguel explicou que cortar mato com machado e roçar com terçado era fácil, não devia se preocupar, logo se acostumava. O terçado de Lázaro estava cego e ele não sabia amolar; o Miguel amolou para ele.

E acompanharam os homens ao roçado. O primeiro serviço a fazer era a broca — cortar com terçado o mato baixo e o cerrado para depois derrubar com o machado as árvores maiores. O chefe marcou o eito de uns cinco metros para cada homem,

---

[64] Do tupi: "piraru'ku" (peixe vermelho). O maior peixe de escamas do Brasil; comprimento de até 2,5 m. e 80 kg. (N. do E.)

[65] Carne de vaca, salgada e em mantas. (N. do E.)

[66] Sem educação, treino ou preparo adequado para exercer uma atividade; inexperiente. (N. do E.)

aquele bando de homens, em linha, um ao lado do outro. Lázaro pegou o seu terçado e começou a cortar. No início, matinho fino, uma beleza. "Rapaz, o negócio vai!", pensou Lázaro, procurando acompanhar o ritmo dos outros. Mas, das 10 horas em diante, começou a sentir o estrago: na mão tufada estouravam os calos feitos pelo cabo do terçado. Às 11, pararam para almoçar. Do roçado até o tapiri, levava-se uns quinze minutos. No caminho, Lázaro mostrou as mãos ao Miguel e lhe disse:

— Olha como já estão; não vou aguentar esse serviço.

Sempre otimista, Miguel animou-o:

— Que nada, rapaz! Isso é só hoje e amanhã; em três dias a pele engrossa.

O problema era aguentar os três dias.

Almoçaram e voltaram ao trabalho; a mão havia esfriado, doía pra danar e já não conseguia acompanhar o ritmo dos homens. Das 14 horas em diante, já não tinha condições, estava pregado, não conseguia apertar o cabo do terçado; quando o batia no mato, caía da mão. O chefe, que andava entre os homens fiscalizando, viu quando o terçado caiu e ficou observando. Miguel ia no eito dele e vinha no de Lázaro, tentando ajudá-lo. Às 5 da tarde, voltaram ao tapiri. "Amanhã não vou ter condições; o homem vai me mandar embora; não vai me deixar aqui só pra comer", pensou Lázaro, preocupado.

Jantaram e dormiram — ou melhor, os outros dormiram, porque a preocupação e as dores do corpo tiraram-lhe o sono. Às 4 da madrugada, foi aquele movimento: faz farofa, pula da rede, fuma, toma cafezinho, amola terçado. O dia já ia raiando sobre a copa das árvores quando também Lázaro foi para a pedra, devagar, quase chorando, amolar seu terçado. Quando o pessoal estava saindo, o homem lhe falou:

— Bichinho, você não vai; fique aí que quero falar com você.

O patrão só o chamava de "bichinho".

— Eu não disse? Vai me dispensar! — falou Lázaro ao Miguel.

— Não, ele não vai te dispensar; se dispensar, vou embora contigo; afinal de contas sou ou não sou teu amigo? — disse o Miguel, deixando o nosso herói emocionado, como poucas vezes ficou na vida. Porra, acabava de descobrir que tinha um amigo!

E todos se foram ao trabalho, menos Lázaro. Ficou sentado onde estava, ao lado da pedra de amolar. O velho Joaquim Macedo, deitado em sua rede, ficou se embalando, calado, não era homem de muita fala. De repente, perguntou:

— Bichinho, de onde você veio?

Lázaro contou rapidamente a sua história.

O homem escutou com atenção e depois disse:

— Bichinho, tô vendo que você não aguenta serviço de roçado...

— Aguento sim, seu Joaquim; sempre trabalhei no pesado; só em roçado não estou acostumado, mas logo me acostumo; já enrolei o pano na mão, logo a pele vai engrossar — interrompeu Lázaro.

— Não, bichinho; você ainda é muito novo e esse serviço é sacrificoso e pesado; é só pra quem tá acostumado — repetiu, e, depois de uma pausa, continuou: — Você sabe cozinhar?

Meio surpreso, Lázaro respondeu que sabia.

— Sabe mesmo? — o homem tornou a perguntar.

— Não como mamãe, mas sei — repetiu Lázaro.

Claro que mentia, mas era a sua única chance de ficar. Além disso, quem não sabia cozinhar jabá com feijão, sem tempero? Naquela época, o jabá era tão bom que dispensava tempero.

— Então você fica para cozinhar, pois não aguenta o serviço de roçado — tornou a dizer seu Joaquim. Em seguida, mandou o cunhado Raimundo, que até então tinha sido o cozinheiro, informar a Lázaro as peculiaridades do cardápio. A contragosto, pois já devia ter compreendido que estava sendo demitido do seu posto, o caboclo grande e mal-encarado deu-lhe a medida do jabá e do feijão que ele devia colocar nas cinco latas de querosene que serviam de panela.

— Mas, antes de cozinhar, você tem que cortar e escaldar o jabá para que não fique salgado, e cuidado pra não queimar! — advertiu o caboclo, com voz azeda, sem disfarçar o despeito.

Lázaro descobriu logo que o problema não era a comida, mas o café, que ele teria que torrar e socar todo dia para aquele bando de macho.

Terminadas as instruções, o capataz e o cunhado foram embora para o roçado. Lázaro ficou sozinho naquela brenha, onde tudo era precário, mal-arrumado, o mato entrando pelo tapiri. Água, só de cacimba, cavada a vinte metros do tapiri, mas ele tinha que se virar. Meio-dia, quando os homens viessem almoçar, a boia devia estar preparada. Então Lázaro meteu o pau no trabalho, buscando lenha, pegando água, cortando o jabá, jogando-o nas latas e levando ao fogo para escaldar; por fim, colocou os grãos de feijão e deixou cozinhar.

— Porra, que comida gostosa! — elogiou o pessoal, meio-dia. E metiam corda no Lázaro: — Mestre Cuca! Mestre Cuca! Quer dizer que agora temos um Cuca aqui?

E passaram a lhe chamar de Cuca. O problema é a fama de veado que acompanha esse nobre cargo, pois é isso que Cuca significa. Lázaro considerava-se muito macho, mas não se zangava com a brincadeira; até gostava da nova função e esmerava-se querendo agradar.

Como bom cearense expulso pelas secas do Nordeste, o capataz era um sujeito muito trabalhador, mas aprendera a passar longos períodos sem tomar banho e lavar a roupa, de maneira que preta-preta era a sua rede, mais parecendo cama de cachorro, e a cor do pijama ninguém enxergava.

Depois do almoço, Lázaro pegou a enxada e capinou em volta do tapiri. Em seguida, colocou a roupa e a rede do velho numa bacia grande, foi para a beira do poço e meteu-lhes o sabão.

De tarde, quando seu Joaquim voltou do roçado, encontrou a rede, a roupa e o pijama dobradinhos na corda do varal, tudo limpinho. Então pegou a roupa, olhou bem para ela, passou a mão, cheirou, mas não disse nada. Em seguida, como sempre fazia depois que chegava do roçado, foi tomar banho e voltou já vestido na roupa limpa; pegou a rede e se deitou, mas antes fitou a rede detidamente, como que não acreditando no que via, mas não disse nada. Lázaro em tudo prestando atenção. Em seguida, pôs a janta sobre as tábuas rústicas que serviam de mesa — pirarucu bem cozidinho com mamão verde. Todo mundo o elogiou.

No outro dia, de manhã, o pessoal foi de novo ao roçado, mas o velho ficou.

— Ah, bichinho, muito obrigado por ter lavado a minha roupa; não sei lavar roupa, só vejo roupa lavada quando vou pra cidade e a mulher lava — agradeceu.

O negócio melhorou para Lázaro; todos ficaram seus amigos; todos, menos o "Boca de Pinga", um compadre do capataz que queria ser o mandão do serviço e tinha inveja porque seu Joaquim gostava de Lázaro. Boca de Pinga era velho e baixinho, mas, quando bebia cachaça, ficava enjoado e valente. Vivia enciumado e passou a gritar contra Lázaro.

Certo dia, o capataz disse para o Lázaro:

— Bichinho, não dê confiança para o compadre, pois ele é meio brigador.

E assim fez Lázaro. O Boca de Pinga ralhava, gritava com ele, e ele nem ligava; fazia apenas o que o seu Joaquim mandava.

E os dias se passaram. Fez muitos amigos, o ambiente era bom, mas até então não sabia quanto ganhava.

"Porra, cara, tu tás trabalhando de graça; ele não vai te pagar; tu tás trabalhando pelo que tu come", o pessoal lhe dizia, mas ele não tinha medo, tinha era vergonha de perguntar quanto ia ganhar.

O amigo Miguel lhe dizia:

— Porra, cara, pergunta quanto tu vai ganhar; todo mundo sabe o que ganha.

Miguel sabia quanto ganhava: 10 cruzeiros por dia. Um caboclo bom de machado chegava a ganhar até 16 cruzeiros por dia, mas Lázaro, com três meses de trabalho, não sabia quanto ganhava. Tinha comida e não gastava em nada, dava para passar sem dinheiro, mas um dia criou coragem. O pessoal tinha saído e só ele e o seu Joaquim ficaram no acampamento.

— Patrão, queria lhe perguntar uma coisa — disse Lázaro.

— Sim, bichinho, pode perguntar, o que você quer saber? — disse o velho.

— Patrão, já se passaram três meses e não sei quanto ganho; queria que o senhor dissesse quanto que eu ganho — falou.

— Bichinho, tás preocupado? — perguntou o capataz, sorrindo.

— Não é que esteja preocupado; é que não sei quanto ganho — respondeu.

— Bichinho, não precisa ter medo de eu lhe enganar; aqui ninguém engana ninguém; trabalhou, recebe mesmo.

— Quanto então estou ganhando? — perguntou.

Então seu Joaquim disse:

— Sabe, bichinho, você tá ganhando 300 cruzeiros por mês; tá bom assim?

Puta merda! 300 cruzeiros por mês, 10 por dia, ali naquele mato, era muito dinheiro! Lázaro quase dá um grito de alegria.

— Tá bom? — voltou a perguntar seu Joaquim.

— Está bom — respondeu Lázaro. "Já estou com três meses de trabalho, tenho 900 cruzeiros na mão do homem, é dinheiro que nem ladrão acaba", pensou.

O capataz não sabendo ler, quem tomava conta da mercadoria e vendia aos empregados era o tal cunhado Raimundo, que também não sabia ler e escrevia muito mal. "Escrevia" é só modo de dizer; na verdade, desenhava as letras. Quando os empregados deixavam o serviço e baixavam para a cidade, Raimundo fazia a conta, descontando dos dias trabalhados o tabaco, o fósforo, a cachaça, a munição, enfim, tudo o que pegaram no armazém. Mas o cara fazia tudo errado e o pessoal reclamava ao patrão.

Certo dia, o capataz perguntou para Lázaro:

— Bichinho, você sabe ler e escrever?

Pois a Bíblia andava sempre com ele, e seu Joaquim via-o lendo.

— Sei, sim senhor.

— E sabe fazer conta?

— Também sei.

— Que bom, bichinho! De hoje em diante você toma conta da mercadoria, pois o Raimundo é meu cunhado mas é uma besta, faz tudo errado; tudo fica pra você — disse o velho, já lhe entregando o lápis e o caderno. De tarde, quando o pessoal chegou do roçado, disse o homem: — Pessoal, doravante vocês se entendam com o Lázaro, que vai tomar nota de tudo.

Foi assim que Lázaro, que até então mal sabia fritar ovo e fazer arroz grudento, tornou-se cozinheiro e caixeiro do acampamento, deixando o Boca de Pinga, que queria ser chefe, ainda mais enciumado.

Quando o empregado queria ir embora, Lázaro descontava o que este devia e, se tivesse saldo, mandava a conta para o seu Oscar Araújo pagar em Alenquer. Boca de Pinga olhava-o com raiva e não perdia uma oportunidade de humilhá-lo.

Depois da janta, lá pelas 8 da noite, a turma ainda tomava um cafezinho. Lázaro pegava a lata cheia de café e ia pondo no canequinho de cada um, pois a turma não dormia antes de beber café e fumar.

Certa noite, depois de servir o cafezinho, Lázaro foi deitar. Estava deitado, quase dormindo, quando o Boca de Pinga gritou lá da rede dele:

— Ó moleque, traz já um cafezinho pra mim!

Lázaro escutou mas ficou calado no seu lugar. Boca de Pinga gritou mais alto:

— Ó moleque, não vai trazer o café pra mim?!

— Não, não vou! Já passou a hora do meu trabalho — respondeu Lázaro e continuou deitado, pois o desgraçado já havia tomado o cafezinho dele e agora só queria lhe provocar.

— Pois eu tô mandando tu trazer! — gritou, novamente, o folgado.

— Não levo! — respondeu Lázaro.

— Quero ver se não vai trazer! — ameaçou o Boca de Pinga, levantando-se da rede, e, andando na direção do outro, já perto da sua rede, tornou a gritar: — Ó filho da puta, levanta e serve cafezinho pra mim!

Lázaro não se mexeu.

— Não queres levantar? Então toma! — gritou o Boca de Pinga, aplicando um pontapé no fundo da rede de Lázaro, de modo que este, para não continuar apanhando, pulou da rede com a bunda doendo e ficou esperando. Não satisfeito, o Boca de Pinga ergueu o braço para estapeá-lo. Lázaro esquivou-se a tempo, mas o filho da mãe não se deu por vencido e tentou novamente, forçando-o a reagir.

Fazendo das tripas coração, Lázaro contragolpeou, acertando em cheio a cara do adversário, que caiu de bunda sobre os sacos de feijão.

Deitados nas redes, os homens observavam, mas ninguém se levantou, nem mesmo o capataz, responsável pelo acampamento, pois era homem em tudo econômico, não desperdiçava palavra e quando se metia já era para agir.

Surpreso com a reação de Lázaro, o Boca de Pinga levantou-se bufando. Passando mão da haste do fogão, partiu para cima do nosso herói, mas este, sem recuar da sua posição, pegou o terçado de cortar jabá, que estava enfiado na palha do tapiri, e ficou esperando, com as mãos firmes no cabo do facão mas as pernas tremendo, pois ia ter que cortar o Boca de Pinga e não gostava de cortar bicho nenhum, quanto mais bicho homem.

Nessa hora, o capataz pulou da rede e passou mão do seu rifle.

"Pronto", pensou Lázaro, "o homem vai me matar", porque o Boca de Pinga era seu compadre e o capataz já era assassino.

Para sua surpresa, porém, o velho Joaquim pôs a boca do rifle na cabeça do compadre dele e disse:

— Olha, compadre, se você bater mais uma vez no bichinho, meto-lhe essas doze balas na cabeça.

A partir desse dia, o Boca de Pinga não se meteu mais à besta com Lázaro.

16. SOMBRA E SOLIDÃO

"O futuro é um enigma que está em frente ao homem como a névoa do outono que se levanta dos pântanos, e na qual voam, inconscientes, as aves sem se verem umas às outras."
Nikolai Gogol
(*Taras Bulba*)

Todo dia chegava gente para trabalhar no roçado, chegava e saía, até que, depois de nove meses, como num parto, o roçado acabou. Acabou, mas a famigerada plantação de cocos não chegou a ser feita, abortou, isto porque, nessa época, o governador do Estado do Pará, o caudilho Magalhães Barata ([67]), passou a perseguir o seu Oscar Araújo, dono do roçado e prefeito de Alenquer, por ser este da oposição. Os correligionários do governador em Alenquer espalharam o boato de que o prefeito derrubava as castanheiras no seu roçado, infringindo uma lei que protegia a árvore da castanheira.

[67] Interventor Federal no Pará na década de 30 do século XX. Vitorioso com o movimento revolucionário "tenentista", após a renúncia de Washington Luís e a ascensão de Getúlio Vargas à Presidência da República, foram-lhe outorgados poderes quase absolutos, dado que se vivia em regime de exceção. (N. do E.)

O boato era falso. O patrão não iniciava a queimada de um roçado sem antes mandar *encoivarar* ([68]) uma grande área em redor das castanheiras, poupando-as do fogo. Chegando a mentira até Belém, o interventor federal enviou uma comissão de puxa-sacos a Alenquer com a finalidade de examinarem a situação. Um mês depois, ordenou que parassem com o serviço, mas já haviam derrubado e queimado toda a área do roçado, um monstro roçado, que o pessoal olhava e não enxergava o fim.

Era outubro, bruto verão, cheiro de mato queimado se levantava do chão. Os homens só esperavam que a chuva caísse para encoivararem e plantarem. Plena safra do *cumaru* ([69]). Na região de Alenquer havia muito cumaruzal, muito mesmo.

Paralisado o roçado do prefeito Oscar Araújo, o capataz Joaquim Macedo liberou os trabalhadores. Quem quisesse ir para suas casas, fosse. Enviou para Alenquer a ordem de pagamento do saldo, que quase todos tinham, mas quem quisesse ficar coletando cumaru, ficasse, que ele compraria a produção.

Muitos se foram, outros ficaram no mato juntando cumaru. Juntavam toneladas por semana. Quebravam o caroço e tiravam a *pevide* ([70]), que era levada de barco para Belém. O Miguel desceu à cidade dizendo que voltava. Lázaro ficou.

De manhã, o pessoal ia atrás do cumaru e voltava à tarde, com os *paneiros* ([71]) cheios. Lázaro pesava e anotava a produção de cada um. O capataz fora visitar a sua família em Alenquer.

Mas o cumaru já andava escasso ali por perto do tapiri, os homens tinham que procurar muito longe o cumaruzal, por isso o velho Joaquim Macedo, antes de partir para Alenquer, disse:

— Vamos fazer um tapiri mais adiante e lá ficaremos durante a semana; só sábado e domingo ficaremos aqui; o problema é que

[68] Juntar o resto do mato mal queimado em "coivaras" (palavra tupi), nos preparativos dum roçado, para queimá-lo de novo, antes do plantio. (N. do E.)
[69] Fruto da selva amazônica, que produz uma semente da qual se extrai utilíssimo óleo. (N. do E.)
[70] Semente de vários frutos carnosos. (N. do E.)
[71] Cestos de tala de palmeira e trançado largo, geralmente forrados de folhas. (N. do E.)

o tapiri não pode ficar só, alguém tem que ficar vigiando. Você fica vigiando o tapiri, bichinho?

Ficar sozinho naquela brenha, longe de tudo, num tapiri sem parede?! O nosso herói gelou, pois onça havia bastante, de vez em quando matavam uma. O patrão tinha três cachorros grandes para vigiar onça. De noite, elas esturravam bem perto — uuuuuuuuuu... — e os cachorros latiam; então alguém atirava — peiiiiii... — e as feras iam embora.

— Bichinho, você tem coragem de ficar só, aqui no tapiri? — tornou o capataz.

Não tendo outra coisa a dizer, Lázaro proclamou o seu "Fico", mas com muito medo.

Na manhã de segunda-feira, o capataz baixou para a cidade e a turma foi embora. Lázaro ficou no tapiri, solitário, sem ninguém, sabendo que ia dormir só naquele ermo.

Havia um jirau onde guardavam a munição e as armas — rifles e espingardas. Ao sair para o mato, cada um levava a sua arma. Naquele dia, sobraram lá três bons rifles, os quais, porém, não diminuíram a sua solidão. Lázaro se lembrava de casa e da mãe, e sentia vontade de chorar, pois a verdade é que ele tinha crescido e queria que o vissem como homem, mas continuava menino.

"Por que não fui para o mato com o pessoal? Por que fiquei só aqui?", lamentava-se o rapaz, quase uma criança, mas o seu senso de responsabilidade dizia que era certo ficar ali e não devia se arrepender.

Lá pelas 5 da tarde, antes da noite cair, jantou e amarrou a sua rede sobre o jirau e ficou lá em cima. Depois, acendeu um farol de querosene que servia para espantar onça, pegou uma lanterna e um rifle de repetição, de doze tiros, e acomodou-se na rede, com os ouvidos bem atentos aos sons e ruídos que vinham da mata, que já ia escurecendo, os pensamentos indo e vindo. Lembrou da lenda do Curupira, uma criatura pretinha, parecida com uma pessoa, que anda pelo mato que nem gente, pisando forte e, quando pisa, a gente sente — Tum, Tum, Tum. E assovia fino e alto — fiiiiiiii. E anda muito rápido. Assovia aqui, e um instante depois já assovia muito longe. Nunca teve a sorte de vê-la, mas muitos caboclos diziam já ter visto a coisa. Sabia que isso passava no tapiri, sempre de noite; o pessoal reunido no tapiri ouvia o assobio.

— Lá vai o Curupira! — o pessoal dizia.

Dizem que o Curupira gosta muito de tabaco e cachaça; alguns caboclos colocavam charuto e garrafa de cachaça para a criatura debaixo de alguma *sapopema* ([72]), que ele vem bater — Taim... Taim.... — meia-noite. Lázaro pensou noutras criaturas que vivem na mata, como o Jurupari, o Juma e o Mapinguari. Não acreditava muito na existência deles, mas ficou todo arrepiado quando de repente viu que já era noite fechada. Lembrou das galinhas que o patrão trouxe da cidade e viviam num galinheirozinho que ele mesmo fizera para defendê-las das *mucuras* ([73]), que tinham especial predileção por galinhas; uma destas chegou botando ovos e agora chocava-os.

Escureceu. Sombra e solidão. O morador mais próximo vivia a trinta e cinco quilômetros. Só pássaros e outros animais noturnos — *guaribas* ([74]), mucuras, cigarras, sapos, morcegos, besouros — cantavam.

O mato é misterioso, desconhecidas criaturas vivem nele e estranhas coisas acontecem; se cai um pau, ouve-se longe o estrondo. Lázaro lá, deitado, o sono custou a vir, e, quando veio, nunca caiu nele por completo. Cochilava e acordava, cochilava e

---

[72] Árvore que desenvolve raízes de até dois mrtros de altura ao redor de seu tronco. (N. do E.)

[73] Do tupi: “mu’kura”. Também conhecida por “gambá” (Do tupi: “gã’bá” – seio oco). Mamífero marsupial, placentário, as fêmeas com bolsa marsupial, dentro da qual se acham as tetas, às quais se agarram 10 a 12 filhotes recém-nascidos com pouco mais de 1 cm de comprimento. (N. do E.)

[74] Do tupi: “wa’riwa”. Macaco caracterizado sobretudo pelo grito peculiar, espécie de uivo ou ronco monótono e melancólico, produzido em coro por todo o bando, sob a regência do macho mais velho, o “capelão”. (N. do E.)

acordava. Lá pela meia-noite, ouviu os três cachorros rosnarem lá embaixo. Faziam assim quando pressentiam onça.

"É a bicha", pensou.

Passando mão do rifle e da lanterna de três elementos, Lázaro firmou-se bem na rede e ficou escutando. A coisa veio, veio, andava e parava, andava e parava, até que calou. Relaxou um pouco e foi colhido pelo sono. Acordou com a mesma zoada, como que de um bicho do mato se aproximando. Curiosamente, os cachorros tinham parado de rosnar e já não davam nenhum alarme, o que o deixou ainda mais intrigado, mas pressentia os passos da criatura nas folhas secas. Andava e parava, andava e parava. O que seria? O pessoal que foi buscar cumaru acampara a sete horas de viagem de onde Lázaro estava, o que, na selva, é uma distância pequena. Se alguém de lá desse um tiro, era capaz de escutar, mas, agora, isso de nada lhe adiantava, pois estava só, completamente só, no meio da mata, e uma onça, provavelmente faminta, já sentindo o seu cheiro, se aproximava. Lázaro focava a lanterna e nada enxergava. Focava para o lado da cacimba, porque a onça, antes de atacar, costuma beber água. Mas nada via. Em dado momento, Lázaro escutou partir lá do galinheiro um grito — quiauuuuu. Era a galinha que gritava no galinheiro.

"Porra! A onça tá comendo a galinha!", pensou nosso herói, borrando-se de medo. Então focou a lanterna e enxergou os olhos da coisa. Não sabia o que era, só via os olhos. "Puta merda! É mesmo a onça!", pensou.

Então, tremendo-se todo, mirou no meio dos dois olhos da criatura e apertou o gatilho do rifle de repetição. Nervoso, apertou tão forte que saíram de uma só vez todas as doze balas; saíram tão rápidas que nem sabia que estava atirando.

Depois dos tiros, tudo voltou ao silêncio, nem os cachorros davam sinal de vida, e isso lhe pareceu bem estranho.

"A bicha deve estar morta, senão escutava a carreira dela e os cachorros latiam", pensou.

Passou o resto da noite acordado. Lá pelas 6 da manhã, já dia claro, com o rifle na mão, levantou da rede, desceu do jirau e foi devagar até o galinheiro, onde encontrou, em vez da imaginada onça, a mixuruca duma mucura, que tinha vindo comer as galinhas. Só uma das doze balas acertou no bichinho, o resto se encravou no chão.

Lá pelas 9 horas começou a boiar caboclo no tapiri, vindo de todos os lados. O pessoal ouviu aquele monte de tiro, um atrás do outro, no meio do mato, zoou muito longe.

"Puta merda! Alguém atacou o Lázaro", pensaram, mas sabiam que não era isso, pois quem ia atacá-lo naquelas brenhas? "Só pode ser onça", concluíram.

Chegaram gritando: — Eiiiiiii... o que aconteceu?!

Depois que Lázaro contou o sucedido, foi aquela avacalhação. Um caboclo mais trocista pegou o chumacinho de pelo e sangue, no qual se convertera a mucura, e pôs-se a correr pelo acampamento rachando-se de rir, e o pessoal fingia estar com medo.

— Olha só a onça que o Lázaro matou! — gritava o caboclo.

Lázaro também ria, morrendo de vergonha.

O pessoal retornou naquele mesmo dia à coleta do cumaru, cuja safra estava no fim. O comboio de burros já não vinha de quinze em quinze dias. Além disso, em vez dos doze burros, vinham apenas cinco e já traziam pouca mercadoria; na volta, iam carregados de cumaru. Dois meses depois, o Joaquim Macedo voltou da cidade e deu por encerrado o serviço do cumaru.

17. MISÉRIAS SECRETAS

"É possível alguém ser inteiramente sincero consigo mesmo
e não temer toda a verdade?"
Fiódor Dostoiévski
(*Notas do subsolo*)

Era junho em Alenquer, mês da grande festa de Santo Antônio.

— Bichinho, você quer ir passar a festa na cidade? — perguntou o capataz, ao terminarem o serviço do cumaru. Ele morava bem atrás da igreja de Santo Antônio.

— Sabe que é uma boa? — respondeu Lázaro.

A turma toda ia baixar para a cidade, e ele é que não ia ficar sozinho ali no mato.

— Então vambora — disse o capataz.

E todos baixaram, deixando lá mercadoria, armas e munição. Naquela brenha, quem ia roubar? Gente deles não. E, se alguém da *colônia* ([75]) roubasse, logo seria descoberto, porque pouquíssima gente morava naquelas brenhas e todos se conheciam.

Lázaro desceu para Alenquer e foi morar na casa do capataz, que vivia com a mulher — a terceira, pois, como já foi dito, havia

[75] Como são chamadas as comunidades do interior dos municípios da Amazônia. (N. do E.)

matado as duas primeiras esposas. A última dessas, nova e bonitinha, era irmã do Raimundo, o qual, apesar de a irmã ter sido assassinada pelo capataz, continuou seu amigo.

— Lázaro, vamos para minha casa, lá ficas mais à vontade — disse Raimundo, que era alto, forte e bem claro, descendente de nordestinos, de olhos azuis. De uns tempos para cá, passado o despeito por ter perdido o posto de cozinheiro para Lázaro, tornou-se seu amigo. Raimundo era mesmo gente muito boa, e bebia pouco, se bem que fumasse muito.

— Até que já ia contigo, se o patrão não me tivesse convidado antes; não posso sair da casa dele sem avisar — respondeu Lázaro.

Então foi à casa do velho Joaquim, uma casa grande, no centro da cidade, com quartos em demasia, que ninguém varria nem usava; o capataz dera-lhe um desses quartos para dormir. Quando lhe disse que o Raimundo convidara-o para ficar na casa dele, o velho retrucou quase ofendido:

— Não senhor, nada disso! Você vai ficar aqui! Se for para a casa do Raimundo vai gastar comprando comida, pois ele é pobre; aqui em casa você não gasta nada.

Lázaro acabou ficando na casa do velho, onde tinha de um tudo, até roupa lavada.

O Paraná de Alenquer é famoso pela fartura de peixes. E Santo Antônio é padroeiro de Alenquer, o santo mais festejado. De tudo quanto é canto chegam os devotos: um pescador cego que voltou a enxergar; outro que arpoou um pirarucu que já tinha escapado com o arpão no lombo; um pai que viu a filha reaparecer virgem, depois de ter sido levada pelo boto; dois bêbados que naufragaram durante uma tempestade e não se afogaram... e tantos outros milagres creditados ao santo. É festa de santo, mas durante oito dias Alenquer vira um pandemônio.

Chegaram no primeiro dia e, assim que chegaram, o Raimundo disse ao Lázaro:

— Rapaz, tem muita mulher em Alenquer, te prepara; aqui mesmo perto tem uma garota muito bonita, a mais bonita do pedaço, só que não namora.

— Por que não namora? — perguntou Lázaro.

— Porque o pai dela não dá o menor espaço, tem um ciúme danado, e ela vive presa dentro de casa — explicou.

— Então me mostra a donzela — pediu o nosso rufião.

— Vou te mostrar — concordou Raimundo.

No fundo do quintal da casa da garota havia um poço, onde os vizinhos buscavam água.

— Vamos lá no poço — disse Lázaro, cheio de confiança; modéstia à parte, achava-se um cara bem-parecido e vestia-se bem.

Nessa época, era moda roupa de linho, uma admiração. O cara que vestisse uma calça de linho "tinha estampa", chamava atenção, mas roupa de linho era coisa cara, que pobre não podia usar. Lázaro foi uma exceção. Comprou uma calça de linho já engomada, um sapato branco e uma camisa de mangas compridas. Às 4 da tarde, todo empetecado, foi com o Raimundo para o poço. No caminho, disse:

— Olha, Raimundo, se eu tiver a oportunidade de ver essa menina, verás que acabo namorando com ela.

O companheiro soltou uma gargalhada:

— Pois só quero ver! A garota é difícil. Aposto como vais é boiar.

— Duvidas? Pois te digo que quanto mais difícil a garota, melhor; ainda não encontrei uma moleca que tenha resistido ao meu charme; juro-te que vou namorar com ela; só se ela não me ver — disse Lázaro, todo gabola.

Na verdade, tinha lá suas dúvidas. Sabia que a menina era de família grã-fina e ele não passava de um João Ninguém. Mesmo que a garota lhe desse atenção, os pais não iriam deixar que estreitassem relações. Mas toda essa dificuldade só o excitava. Além disso, sempre teve muita fé. O nome da garota era Lucimar.

— Só quero é ver! — desafiou o Raimundo, fazendo agora questão de lhe mostrar a menina. A cozinha da casa dela fazia fundos para o poço, e ela estava lá na cozinha. — É aquela lá — apontou o Raimundo, que conhecia o pai da menina, um comerciante.

Quando Lucimar olhou para o poço, Lázaro fez-lhe um sinal. Depois de breve hesitação, Lucimar correspondeu. Então o Raimundo apontou-lhe o amigo e este fez um adeusinho para ela, e ela, que devia andar seca para conversar com alguém, novamente lhe acenou.

— Essa está no papo — murmurou o nosso rufião.

— Não se canta vitória em meio à batalha — disse o Raimundo. — Não vai ser fácil ela escapulir do pai — completou o camarada.

Lázaro acenou para Lucimar dizendo que a esperaria à noite no arraial. Lucimar respondeu com outro sinal, ao qual ele não entendeu.

"Disse que vai ver se vai", traduziu o Raimundo, mestre na arte do aceno.

Foram embora, Lázaro para a casa do patrão e Raimundo para a sua. Antes de virar a esquina, Raimundo disse para Lázaro:

— Às 7, passo lá contigo e a gente vai à festa.

Na casa do patrão, Lázaro retocou-se novamente e ficou na pinta. Naquele tempo, Lázaro ainda tinha cabelo, um cabelo bonito e "cheio". Cheio e não grande, porque cabelo grande naquela época não era coisa para "homem de verdade". Lázaro era vaidoso com seu cabelo, mas sem exageros, pois, como havia lido num livro, "uma beleza sem aparatos é que assenta aos homens, e todo o resto se deve abandonar às jovens lascivas ou aos homens que, contra a natureza, procuram o amor de um homem" ([76]). Quando estava na cidade, toda sexta-feira, depois do

[76] Pensamento encontrado em *A arte de amar*, de Ovídio, poeta romano que viveu de 43 a.C. ą 17 d.C. (N. do E.)

serviço, ia ao barbeiro cortar o cabelo. Lázaro era do tempo em que os rapazes ainda usavam vaselina e o famoso perfume *Royal Briar* ([77]). Andava com um vidrinho desse perfume no bolso e de vez em quando se borrifava. Lázaro era pobre, muito pobre, não tinha onde cair morto, mas isso não o abatia, a pobreza não o afetava, porque nunca foi relaxado, vestia-se bem e saía sempre com um sapato polido ou um tamanco de pau — sim, tamanco de pau, pois, naquela época, caboclo que se prezasse não ia a canto nenhum de chinelo.

Às 7, conforme o combinado, o Raimundo apareceu e já o encontrou metido na calça de linho, na camisa de mangas compridas e no sapato polido; o cabelo já estava duro de vaselina e o corpo rescendia a perfume Royal Briar.

— Puta merda, cara! Desse jeito tu vais mesmo ganhar a moleca! — disse o Raimundo. E foram para o arraial. — Olha ela lá! — avisou-lhe, logo que chegaram.

Lázaro olhou e a reconheceu. Ela estava numa barraca, no meio de outras pessoas, bonita para danar.

— Vai com calma, porque o homem e a mulher que estão ao lado dela são seus pais — aconselhou o companheiro.

— Deixa comigo — respondeu o garanhão, pensando lá consigo que não ia ser fácil ficar a sós com a tal Lucimar.

— Bem, agora é contigo, te vira! — disse-lhe Raimundo, e afastou-se.

Lázaro volteou a barraca até que Lucimar o viu e acenou para que a esperasse. Ele se encostou-se ao tronco de uma das mangueiras da praça e aguardou. Jamais saberia o que a rapariga disse a seus pais, mas, seja lá o que fosse, em menos de um minuto ela veio para perto dele e parecia ansiosa para lhe falar. Mas — diacho! — não veio sozinha; trouxe uma rapariga mais nova do que ela, sua irmã, que não soltou um só instante a sua

[77] Nome de perfume produzido nos anos 40 do século XX, em Fortaleza (CE), usado não só por mulheres, que o adoravam, como também por rapazes ansiosos por conquistarem as donzelas da época. (N. do E.)

mão direita, restando a esquerda para Lázaro, que logo a pegou e ainda trocaram algumas palavras, mas não passaram disso, a coisa mixou.

Naquela época, um homem não conseguia abraçar uma mulher e nem mesmo beijá-la, sem antes gastar muita saliva para convencê-la. Mesmo que a donzela fosse um balaio furado, o cavalheiro tinha que lhe afirmar, de um modo sussurrado e com olhar lânguido, como um galã de cinema, que estava perdidamente apaixonado e, em seguida, perguntar se a beldade consentia em namorar; se consentisse, o pretendente aproximava-se, mas, se o evitasse, não adiantava insistir, pois, como rezavam os bons costumes, um homem bem-educado não devia importunar uma mulher. Hoje é diferente: agarra-se primeiro e só depois se pergunta.

Pensando que talvez não surgisse outra oportunidade, Lázaro tentou, sem sucesso, abreviar as etapas. Lucimar teve que voltar para junto de seus pais e nunca mais conversaram. Com esse fracasso, o nosso conquistador voltou amargo para casa, mas aquela noite ainda lhe reservaria outra aporrinhação.

Lázaro sempre teve o costume de urinar diversas vezes durante a noite, ou seja, era um mijão. Naquela noite voltou para casa antes do patrão e entrou no seu quarto, que era logo o primeiro; o único banheiro da casa ficava lá no fundo. Acontece que, sabe lá por que cargas d'água, o patrão chegou e trancou a porta do quarto de Lázaro pelo lado de fora, e ele ficou preso. Lá pelas tantas, veio-lhe a vontade de urinar. E agora? Ele não ia urinar no assoalho! Sabe o que fez? Pegou a sua calça — não a de linho, mas a outra que ele tinha, de trabalho — e fez com ela uma bola e mijou, deixando-a toda encharcada. De manhã, disse ao dono da casa:

— O senhor trancou a porta e eu urinei na roupa.

— Oh! Bichinho! Pensei que você não estava lá; fechei a porta pensando em abrir depois — desculpou-se o homem, entregando a chave da porta para Lázaro. Na verdade, a chave teria pouca serventia, já que a festa era só à noite e, durante o dia, Lázaro ficava na rua, sozinho ou com o Raimundo, metido nalguma sacanagem, pois tinha dinheiro, que naquela época era o cruzeiro e valia alguma coisa, verdade que pouco, mas valia.

18. AURÉLIA

"Saber conquistar uma mulher é uma arte,
saber amá-la é um dom."
Ovídeo
(*A arte de amar*)

Na segunda noite da festa de Santo Antônio, o Raimundo, que tinha mulher fixa mas era o cara mais namorador que Lázaro havia conhecido, mais namorador até do que o Batista ou o Miguel, disse-lhe:

— Lázaro, tem aí uma garota que é coisa boa, mas é mulher para amigação e não para namoro.

Então Lázaro lhe pediu:

— Porra, cara, mostra-me essa garota!

— Vou te mostrar, pois está caidinha por ti — garantiu Raimundo.

Além de boa, disse que a garota morava só, e nada mais falou sobre a vida dela.

A caminho do arraial, Raimundo disse:

— Ela mora aqui perto; vamos à sua casa.

Encontraram a dita cuja numa pinta, muito bem-preparada, pois também ia ao arraial. Raimundo apresentou Lázaro à rapariga, e esta, por sua vez, disse que se chamava Aurélia.

Nem alta nem baixa, morena-clara, brancarana, de cabelos negros e compridos, bonita mesmo, a tal Aurélia. E que par de pernas! Lázaro olhou para ela e pensou: "Poxa vida, estou precisando de uma assim".

Missão cumprida, Raimundo foi embora para o arraial e Lázaro ficou no portão da casa da Aurélia. Deslumbrado com a beleza da rapariga, não procurou saber além do que já sabia sobre ela, o que se explica pela sua pouca experiência com mulheres. Verdade que, na vida errante que até aí levara, Lázaro já conhecera muitas *tapuinhas* ([78]), mas nenhuma lhe parecera tão provocante como a que estava à sua frente. Saber que vivia só pareceu-lhe suficiente, embora esse detalhe tenha lhe trazido uma leve desconfiança, porque, numa cidadezinha como Alenquer, mulher que morasse sozinha só podia ser casada ou amigada; não se concebia uma mulher totalmente independente. Lázaro pressentiu que Aurélia devia ter algum segredo, mas ela nada lhe contou e ele também nada lhe perguntou.

Foram juntos ao arraial. Ainda avistou lá a Lucimar e até pensou em falar com ela. Afinal, o velho Dico, com o seu "bom" exemplo, não lhe havia ensinado que "depressa se apanha um rato que só conhece um buraco"? Acabou desistindo da Lucimar, por dois motivos. Primeiro, porque a Aurélia grudou nele de tal maneira que não havia como ir até onde estava a outra. Segundo, porque Lucimar não conseguia se desvencilhar dos pais e da pentelha de sua irmãzinha. Além disso, mais vale uma andorinha na mão do que duas voando. Entre as duas, decidiu-se pela Aurélia. Não que Lucimar não se lhe afigurasse até mais bonita, mas Aurélia era mais garantida; há meses Lázaro não provava o gosto de uma mulher e já andava "matando cachorro a grito" ([79]).

Meia-noite, Aurélia lhe disse:

— Vamos embora?

---

[78] Mocinhas, também chamadas, em tupi, de "cunhantãs" (N. do E.)

[79] Expressão popular: carente de algo ou ansioso por algo; desesperado.

— Vamos — disse Lázaro.

— Tu me levas para casa? — perguntou Aurélia.

— Claro que levo — respondeu Lázaro, um tanto surpreso por ver que a rapariga lhe dava bola, mas não tinha certeza. No seu conceito, garota como aquela, bonita pra danar, só podia ser filha-família, moça de respeito.

Foram embora. Ao chegarem ao portão da casa da Aurélia, Lázaro ficou segurando a mão dela e não passou disso, porque, naquela época, para conseguir alguma coisa com uma mulher, tinha que namorar primeiro. Além disso, Lázaro se achava "o cara", mas era ainda muito novinho, não tinha malícia, e a beleza de Aurélia intimidava-o.

Ficaram diante do portão um bom tempo, num vai-não-vai, até que Aurélia jogou o verbo para cima dele:

— Olha, rapaz, moro sozinha; se quiseres dormir aqui em casa, podes dormir.

Lázaro sentiu um arrepio da planta dos pés até o alto da cabeça. "Puta merda! Fui chamado de rapaz e ela também me convidou para dormir com ela! Valei-me meu Santo Antônio! Hoje estou vivo ou estou morto!", pensou.

— Tudo bem, durmo com você — disse Lázaro, mas falou sem muito entusiasmo; o convite pegara-o de surpresa. Era incrível, desejara tanto possuir a cabocla e até fantasiara, mas algo, espécie de sexto sentido que costumam ter os rufiões e do qual o frangote se gabava, dizia-lhe que não deveria permanecer ali. Talvez por isso falou que tinha um problema.

— Qual problema? — ela quis saber.

— É que estou morando na casa do patrão e ele vai ficar preocupado se eu não voltar para lá — explicou.

No dia seguinte, quando contou ao Raimundo o que havia dito à Aurélia, o amigo soltou uma estrondosa gargalhada e disse que Lázaro estava era "mijando fora do penico" ([80]). Lázaro até

[80] Agindo de modo não esperado. (N. do E.)

achou que Raimundo tinha razão, mas não admitiu, pois nunca foi medroso mas sempre fugiu de confusão.

— Não há problema, és um homem solteiro, e seu Joaquim nem vai perceber tua ausência; fica aqui comigo! — argumentou Aurélia.

Acabou entrando.

Dentro da casa, de alvenaria, era um luxo que só vendo! Sofás, cadeiras, mesas, tapetes, cortinas, cristaleira, rádio, até uma vitrola havia na sala. Na cozinha, onde foram tomar café, tinha até geladeira! Não era qualquer casa que tinha geladeira em Alenquer! No quarto, aonde acabaram indo, Lázaro avistou uma cama grande e fofa, de molas, toda de branco, tão atraente que um homem era capaz de se esquecer até da mulher — e redonda! Uma cama redonda, em Alenquer!

"Caramba, essa menina mora só e tem todo esse conforto?!", pensou Lázaro, cada vez mais desconfiado, até que não mais aguentando perguntou:

— Por que tu vives só?

— É problema meu, não te mete com isso, ainda não é hora de te contar a minha vida, não te preocupa, depois te conto — respondeu Aurélia, um pouco irritada.

Lázaro tinha imensa curiosidade de saber quem era Aurélia e como vivia, mas, sendo bem maior o seu desejo de possuí-la, acabou se calando.

Dormiu essa noite com Aurélia, melhor dizendo, passou a noite acordado. Levantou-se às 9 da manhã!

"Puta merda! Com que cara vou chegar à casa do patrão?", preocupou-se Lázaro.

Lavou-se, vestiu a roupa, deu ainda um *acocho* ([81]) na rapariga, que continuava na cama, e foi embora para a casa do patrão, encontrando o velho na sala se embalando numa cadeira-preguiçosa.

---

[81] Do verbo "acochar": apertar, comprimir, arrochar. Em sentido figurado, "amasso" amoroso que um garanhão dá em sua "presa". (N. do E.)

— Bom dia, seu Joaquim — foi dizendo, meio sem jeito.

— Bom dia, bichinho — respondeu o homem. E continuou: — Eu já ia à delegacia ver se você tava preso; tava preso, bichinho?

— Sim, seu Joaquim, estava preso, mas não era na delegacia — respondeu.

— Ham... Tá certo, tá certo... Você tá certo; depois de passar meses no mato... — disse o patrão.

Lázaro se acostumou com a Aurélia, ficou doidão pela rapariga, viciado; esqueceu Lucimar e só pensava na Aurélia. Depois do almoço, não aguentou.

"Vou já pra casa da Aurélia", disse para si mesmo.

Assim fez. Tornou-se senhor da situação. Já se sentia o dono da casa. Entrava e saía na hora que bem queria.

No terceiro dia da festa de Santo Antônio, o Raimundo lhe disse:

— Lázaro, lá na colônia do Sumaúma, a duas horas daqui, vai ter uma festa das boas. Vamos lá?

Pois não há gente mais festeira do que o povo caboclo. Se tiver dez festas ao mesmo tempo, haverá gente para todas elas.

— E a Aurélia, com quem fica? — perguntou Lázaro.

— Vai com a gente — disse Raimundo.

— Mas será que ela vai? — duvidou Lázaro.

— Claro que vai, tá acostumada a ir nessas festas — garantiu Raimundo.

— Verdade? Mas parece tão pacata — comentou Lázaro.

— Rapaz, tu é que pensa! — disse Raimundo. — Aurélia é virada, não perde uma festa, é só convidar.

Dito e feito.

— Vamos à festa no Sumaúma, Aurélia? — convidou Lázaro.

— Se tu fores, eu vou — respondeu prontamente a rapariga.

— Então vamos — disse ele.

Às 6 da tarde, saíram. Que Santo Antônio não os punisse por terem abandonado nessa noite o seu arraial. Quanto mais perto do local da festa, a estrada ia estreitando, até que virou um caminho. O Raimundo ia à frente, Lázaro logo atrás e Aurélia atrás dele.

Chegaram lá umas 8 da noite. A festa já estava do arromba. Muita gente, ou melhor, muito macho, como em toda festa do interior. Foi aí que Lázaro constatou que Aurélia era uma mulherzinha conhecida na praça. Foi só chegar e a macharada voou em cima dela para dançar. Lázaro se achava uma besta, cadeira dura, não sabia dançar. Aurélia perguntou se ela podia dançar.

— Pode — disse-lhe Lázaro.

Como impedir? Aurélia dançaria, mesmo se ele dissesse não. Só então viu que, por causa dela, estava se metendo num terreno perigoso. Um largava, outro pegava, havia uma disputa acirrada por ela. Lá de fora, de escanteio, ele via tudo, porque barracão de festa no interior da Amazônia não tem parede. Toda vez que terminava a música, ela largava o cabra que dançava com ela e vinha para junto de Lázaro, abraçava-o e dava beijinho. Tudo falso, frescura, ele sabia, pois via que ela se entregava com prazer aos movimentos dos indivíduos que a puxavam para dançar, principalmente um caboclo alto e musculoso que ficou mais tempo com ela. Via isso e sentia um tremendo ciúme, uma vontade danada de partir pro pau, rolar pelo chão, como qualquer um ali faria se visse a sua garota sendo acochada por qualquer um. Contudo, lembrando do que lera num livrinho que ensinava etiquetas no amor, conteve-se e aceitou que Aurélia ocultasse essa infidelidade. "Que ela me engane e que me enganando pense que está me enganando", pensou. E completou o pensamento: "Desde que seja eu que me deite na cama com ela na volta".

Certa hora, cansado de ver Aurélia se esfregar com os machos no salão, Lázaro sentou perto de uma banca de café no terreiro e de lá viu uma menina bem-vestidinha sentada ao lado de uma velhota que depois percebeu ser a dona da banca. Encostou-se à banca, pediu café e bolo e ofereceu as guloseimas à menina, que imediatamente aceitou. Foi conversando, conversando, até que se sentou pertinho da garota. Ficou todo influído, mas não esquecia da Aurélia. "Com um bando de machos atrás dela, vai ser difícil tirá-la do salão", pensou, sentindo-se deslocado ali, perto daquela menina. Chamou o Raimundo e revelou a sua preocupação, e só então o sacana contou-lhe que Aurélia não era da rua, jogada, mas também não era nenhuma virgem.

— Ela é amigada com um cara muito rico, que paga todo aquele luxo pra ela; o cara tem comércio e fazenda no interior e vem à cidade uma vez por mês para se deitar com a Aurélia — arrematou.

Só então Lázaro entendeu a situação.

— Porra, Raimundo, por que não me contaste isso antes? — esbravejou.

— Não queria estragar a tua conquista — justificou-se o Raimundo.

— Mas me meteste numa enrascada — retrucou o nosso Don Juan.

— Enrascada que nada, rapaz! Come a fruta e pula fora — aconselhou o "mestre".

— Mas não vês como a macharada está por causa dela? Não volto com ela pra cidade — disse Lázaro.

— Talvez seja melhor despistares ela, pelo menos hoje — concordou Raimundo, e foi dançar.

Veio-lhe então a infeliz ideia de passar a lábia na menina que estava sentada ao seu lado, filha da velhota que era dona da banca. Talvez com isso Lázaro quisesse diminuir o despeito por se sentir rejeitado pela Aurélia, que preferiu ficar dançando com a macharada lá no barracão. Uma coisa, porém, intrigou-lhe: ele conversava e conversava com essa menina mas ela nunca se levantava. Dava para ver que estava doida para levar uns acochos, mas não se levantou nem quando Lázaro a convidou para darem um passeio atrás da igreja. Ela só olhava para a velhota e dizia:

— Não posso. Olha a mamãe.

Lá pela uma da madrugada a velha tinha vendido todo o cafezinho que trouxera e começou a preparar-se para ir embora — desarrumou os trocinhos dela e guardou na sacola; em seguida, desmontou a banca e colocou-a sobre a cabeça de um molecote que também era filho dela, e disse:

— Vambora pra casa!

Então Lázaro perguntou à garota:

— Posso ir contigo?

— Tu que sabes — ela respondeu.

— E a tua mãe? — tornou Lázaro.

— Com mamãe não tem problema — respondeu a menina.

"Se na casa da velhota tivesse uma redinha pra mim, eu não iria pra a cidade nesta hora", pensou.

— Mamãe, o rapaz quer ir com a gente lá pra casa; ele mora na cidade — disse a rapariga.

— Posso ir pra a sua casa, senhora? Dá uma redinha pra mim? — Lázaro perguntou à velhota.

— Tudo bem, vambora — disse a velha.

— É longe? — perguntou o conquistador de mocinhas.

— Não. É bem pertinho — garantiu a velha.

E em todo esse tempo, a moleca ficou sentada!

— Vambora, vambora! — dizia a velha, mas nada da rapariga se levantar.

Então a velha, com uma das mãos na sacola e a outra no braço da filha, puxou-a, e a rapariga não resistiu, pois a velha era muito forte.

Só então Lázaro pôde ver que a menina era aleijada de uma das pernas e por isso não conseguia ficar de pé. Mesmo assim, ela tentou se levantar e foi se arrastando, com a bunda a bem-dizer no chão. Coitadinha! Lázaro sentiu muita pena da menina.

Lázaro, hoje, sentiria pena de si mesmo, que naquela época dava mais importância às aparências. Hoje, se alguém lhe pedisse um conselho, diria: Desconfie de uma beleza enganadora, bem como dos atributos físicos; assegure-se do que é mais precioso. Diria mais: A beleza é um bem frágil: tudo o que se acrescenta aos anos a diminui; ela murcha com o tempo; nem as violetas nem os lírios com a corola aberta estão sempre em flor, e a rosa, uma vez caída, o espinho se ergue sozinho. Ao adolescente, que nem ele naquela época, diria: Você também, belo adolescente, conhecerá logo os cabelos brancos; conhecerá as rugas que sulcam o corpo. Eduque agora o espírito, bem durável, que será o apoio de sua beleza: só ele subsiste até a fogueira fúnebre.

Isso tudo estava escrito no tal livrinho, mas, entontecido pelo corpo de Aurélia, Lázaro não deu importância a esta parte. Nem sabia por que contava essas coisas; aliás, coisas que o rapaz que o ouve já bem sabe, pois também é homem. Confissões como essas não se publicam nem se dão a outros para que leiam. Entre as recordações de cada pessoa, há coisas que a pessoa não conta para qualquer um, somente para os amigos. Há também aquelas que ela não conta nem aos amigos, somente para si mesma, e isso secretamente. Finalmente, há aquelas que o indivíduo tem medo de revelar até para si mesmo, e um homem respeitável tem tais coisas acumuladas em grande quantidade. E pode ser até mesmo assim: quanto mais respeitável ele é, mais coisas desse tipo tem acumuladas. "Sei que isso não é coisa muito digna para se contar; é mesmo coisa bem desprezível um homem gabar-se de suas aventuras amorosas, mas, como o senhor é mais do que um amigo para mim, melhor dizendo, é como se fosse eu mesmo, e, além do mais, também é homem, conto-lhe o resto do que aconteceu naquele dia", pensou Lázaro.

Aquele parecia ser o seu dia. Estava com uma sorte danada. Não esquecia da Aurélia, mas, e agora? O que fazer? Já dissera que iria para a casa da menina aleijada.

Pensando numa maneira de se livrar do abacaxi, Lázaro chamou o Raimundo e, falando baixinho, contou-lhe o seu problema. Raimundo ouvia e ria, pois o sacana, conhecendo a verdadeira Aurélia, de nada o alertou, assim como nada disse sobre a menina da barraca, que também conhecida muito bem.

— E agora, porra? Tu vais ter que me tirar dessa! — gritou Lázaro no ouvido do Raimundo.

Enquanto isso, Aurélia continuava dançando lá no barracão. Raimundo lhe disse:

— Lázaro, vamos embora antes que acabe a festa; deixemos a Aurélia para trás, porque vieram uns caras da cidade e um deles, com certeza, vai querer ir com ela.

Não que o Raimundo fosse medroso, muito pelo contrário, mas o cuidado se justificava. Alenquer era (injustamente) famosa por ter uma gente braba. Diziam que, ali, os homens não precisavam de motivos para se matarem. Sim, os homens de Alenquer eram mesmo temíveis, mas a verdade era que as mulheres é que eram as mais valentes; quando uma delas se zangava, tirava a roupa no meio da rua em sinal de protesto. Lázaro era um forasteiro naquela cidade e não seria nada absurdo se um cara de Alenquer, com ciúme da Aurélia, o pegasse!

— Vambora! Vambora pra cidade! — disse o Raimundo, e mandou o nosso herói esperar escondido atrás da igreja, enquanto ele, para disfarçar, voltava para a festa. Sairia no meio da música, o pessoal dançando, e iriam embora, deixando para trás a Aurélia.

Assim fizeram. Aurélia pressentiu a manobra e acompanhou sorrateiramente o Raimundo, de sorte que Lázaro, ao sair de trás da igreja para se encontrar com o companheiro, viu um vulto correndo atrás dele. Levou um susto de perder o fôlego, mas logo reconheceu a Aurélia que se aproximava.

— Vou contigo! — disse-lhe ela.

— Não! Pelo amor de Deus, não vem! Fica, senão os caras vêm atrás de ti e vai dar confusão — disse Lázaro.

— Isso mesmo, Aurélia, fica! O Lázaro não é da cidade; vão querer bater nele — reforçou o Raimundo, que acabava de juntar-se aos dois.

— Não! Nem que eu morra, vou com vocês! — bateu pé a rapariga.

Os três puseram-se a andar pelo caminho estreito. Iam até despreocupados, achando que, com a festa rolando, ninguém viria ao encalço deles. Grande engano. Ao vararem na estrada maior, viram focos de lanterna procurando-os, pois os caras sentiram a falta da Aurélia no salão.

— Porra, estão vindo! E agora? Vamos nos esconder! Se te pegarem com ela, são capazes de te matar, pois estão todos porres — disse o Raimundo.

Mal deu tempo de se jogarem num pântano que havia perto de Alenquer, de onde, atolados até o pescoço, viram a macharada passar.

— Aparece, filho da puta, aparece! — gritavam.

Foram e voltaram, e os três lá no charco, só com as cabeças de fora.

Naquele momento, Lázaro, nos seus dezessete anos de vida, sentia-se como um novelo de sentimentos contraditórios, formado por fios de paixão, desejo e medo, que se emaranhavam e embotavam por completo a razão. Seu corpo era como um único nervo engatilhado, prestes a arrebentar-se. Raimundo ao seu lado esquerdo e Aurélia no lado direito, corpos praticamente colados um no outro, atolados na lama, na quase completa escuridão. Lázaro procurou os dois olhos amendoados e muito negros da pequena rapariga. Justo nesse momento, viu que eles relampejaram de pavor ao ouvirem os passos chapinhados e o vozerio dos predadores que se aproximavam. Como o arrulhar de uma pomba ou o murmúrio de um vento suplicante, dos lábios de Aurélia saía uma prece. "Salve-nos Santo Antônio desta emboscada. Salve-nos Santo Antônio desta cilada". Já não parecia ser a aranha fatal, que atraía os rapazes para suas teias visguentas para em seguida os deglutir com dentes vorazes, mas tão somente uma menina desamparada pelo destino, como a pequena cotia indefesa, que se enfia e se encolhe na toca procurando escapar das garras do felino faminto ou do arrocho da serpente impiedosa. Lázaro, em vez do lascivo desejo que o possuía só em pensar em Aurélia, sentiu uma doce compaixão pela frágil rapariga.

Depois de muito tempo, lambuzados de lama, saíram do pântano e foram embora, o Raimundo para a casa dele e Lázaro para a casa da Aurélia, onde, enfim, depois de tomarem banho juntos e já estarem na cama, exigiu que a rapariga lhe contasse quem mesmo era ela.

— Olha, vivo há três anos com um homem casado, de nome Cunegunes. Eu era empregada na casa dele, lá no interior, onde vivia com meus pais. O Cunegunes me *desencaminhou* ([82]) e trouxe-me para a cidade, montando esta casa pra mim. Tudo o que vês foi ele quem comprou. Ele vem aqui de quinze em quinze dias, passa um dia e uma noite e volta para o interior, onde tem fazenda e comércio. É ele quem me dá todo esse conforto — abriu-se finalmente a rapariga.

— Porra, Aurélia, por que não me contaste isso antes — reclamou Lázaro.

— Se contasse, não estarias agora comigo — justificou-se Aurélia.

Lázaro acabou dando-lhe razão. Não que não sentisse ciúmes, mas resolveu seguir os conselhos do seu livrinho de etiquetas do amor, que, em certa página, assim dizia: "O melhor é ignorar tudo. Não force a mulher a mudar sua fisionomia para fugir ao rubor da confissão. Evitem, jovens, surpreender suas amantes".

Na verdade, seus receios eram infundados. Aurélia parecia mesmo doidona por Lázaro e este não menos doido por ela. Quando ele disse que em breve voltaria à colônia com seu Joaquim

---

[82] Desvirginou, em sentido figurado. (N. do E.)

Macedo e de lá iria para Santa Irene, a rapariga falou que o acompanharia. Lázaro sabia que isso não seria possível, mas não a contrariou. Já nessa época sabia que jamais se deve contestar as palavras da mulher que se pretende conquistar. Ao contrário, concorde sempre com ela, é cedendo que sairá vencedor; limite-se a fazer o papel que ela lhe impuser; se reclamar, reclame; tudo o que aprovar, aprove; o que disser, diga; o que negar, negue; se ela rir, ria com ela; se chorar, também chore. Que a expressão do seu rosto siga o dela. E não se esqueça do mais importante: no jogo do amor, o empate deve ser o resultado almejado; se alguém tiver que vencer, que seja sempre a mulher; assim tê-la-á nas mãos.

O nosso filósofo ficou ainda dez dias em Alenquer; só foi embora dois dias depois do término da festa de Santo Antônio. Seus teréns continuavam na casa do patrão, mas quase não ia lá; na prática, mudara-se para a casa da Aurélia. Naqueles dez dias, a cama da rapariga tornou-se o seu paraíso — depois do pecado, claro, pois tinham consciência de que transgrediam a lei que pune o homem que se deita com a mulher de outro homem ou a mulher que se entrega a quem não tem direito de possuí-la. Sabiam do perigo, por isso decidiram não sair de casa enquanto durasse o cio. E não era apenas por causa da opinião pública que se recolhiam. Até uma meretriz, quando tira suas vestes, inclina-se para frente e cobre com as mãos os seus encantos secretos. Só os animais domésticos se acasalam na frente de todos e em qualquer lugar, mas, perante tal espetáculo, mesmo a jovem que já o viu desvia o seu olhar, quanto mais a sua pudica Aurélia, que se mostrava sempre muito recatada diante dele. O de que precisavam já tinham. O quarto bem fechado e escuro de Aurélia já era, em si, uma câmara indevassável. Mas, para aumentar ainda mais a sensação de segurança, a engenhosa rapariga cobriu com um véu o que lhe pareceu indecente mostrar, e, além disso, procuraram, senão as trevas, pelo menos uma semiobscuridade e alguma coisa menos fulgurante do que a luz do dia.

Foi assim que a cama de Aurélia tornou-se o lugar mais tranquilo e harmônico do mundo. Ali, durante dez dias e dez noites, no árduo jogo amoroso a que se lançaram, empataram em tudo. Lázaro derramou-se em cumprimentos e suas palavras respiraram amor. E nisso não se reconhecia. Sabia que a baixa extração social e o pouco estudo fizeram-no um cabra rústico, mas as suas palavras saíam doces e macias, até mesmo suplicantes, no ouvido de Aurélia, que se amolecia toda e por sua vez lhe pedia coisas impossíveis, como tirá-la das mãos do Cunegunes e levá-la consigo para onde quisesse. No êxtase do prazer, Lázaro prometia tudo, isto não lhe custava nada; pelo menos em promessas todo mundo pode ser rico. Como não podia dar presentes, oferecia belas palavras, deixando Aurélia cheia de esperança.

Alguém disse que a esperança, desde que haja fé, dura muito tempo. Mas o pobre Lázaro sabia que Aurélia, olhando para a sua insignificância social, não tinha fé na sua esperança, mas esta, mesmo enganosa, era-lhe útil. A cada manhã, depois de uma noite de amor, sabendo que o amante não cumpriria as promessas, Aurélia segurava-o mais um pouco, e assim Lázaro ia ficando. Até que, certa manhã, ainda na cama, a rapariga lhe disse:

— Olha, benzinho, hoje estou esperando o Cunegunes; com certeza ele chega à tarde e passa a noite comigo. Pelo amor de Deus, não te zanga.

— Eu? Zangar-me? Imagina! — falou Lázaro, disfarçando o despeito, pois sabia que, para continuar sendo amado por uma mulher como Aurélia, devia se despir de todo orgulho.

Para marcar território, nosso garanhão, antes de ir-se, montou na rapariga mais uma vez e subjugou-a com toda a energia. Quando terminaram, disse-lhe a donzela:

— Fica tranquilo, benzinho; o Cunegunes vai logo embora.

Ainda se beijaram e Lázaro foi embora.

19. SEM FUTURO

"Que o amor seja eterno enquanto dure."
Vinicius de Moraes
(*Soneto da fidelidade*)

Lázaro voltou à casa do patrão, onde passou a tarde indo e vindo dentro do seu quarto, como um animal enjaulado. Nunca tinha se sentido assim. Aurélia não lhe saía da cabeça e sentia no corpo a presença do corpo da rapariga. Estava muito agitado, mas, como as criaturas fora de si, não percebia. Viu o patrão olhar para ele e rir; viu o Raimundo chegar e galhofar do seu estado, mas nada disso o afetava. Já nem os riscos da situação calculava. Contudo, se antes lembrava do Cunegunes e sorria desdenhosamente, agora, sabendo que à noite aquele homem ocuparia o seu lugar no leito de Aurélia, sentia raiva, e isso o desagradava. Sabia que somente aquele que conhece a si mesmo será sábio em seus amores e permitirá o exercício de suas forças. Aliás, em se tratando de amor, não é uma questão de força. Se a natureza deu belos traços ao amante — o que não era o seu caso, embora não fosse de se jogar fora —, que mostre tais dotes. Já aquele que, como Lázaro, tem uma conversação agradável, evite um morno silêncio.

Depois da janta, Lázaro foi se deitar. Fazia uma noite fresca, mas suava, por mais que se embalasse na rede. Não mais aguentando, lá pelas tantas, disse para si mesmo: "Porra, seja o que Deus quiser! Vou já lá com a Aurélia ver a cara desse Cunegunes".

Frente à casa da Aurélia bateu na porta, pouco se importando se o rival estava lá ou não. "Se ele chegou doido por ela, eu estou mais doido ainda", pensou.

Aurélia logo abriu a porta e lhe disse:

— Ele ainda não chegou, mas vai chegar.

— Então vamos dar uma volta — convidou Lázaro.

— Vamos — concordou a rapariga.

— E se ele chegar? — perguntou o garanhão apaixonado.

— Ele tem a chave, espera — explicou Aurélia.

Deram uma voltinha pela cidade e em seguida se atracaram debaixo do trapiche, sob o olhar complacente do vigia com quem Lázaro tinha feito amizade no dia em que chegou a Alenquer.

Lá pela meia-noite, voltaram. Na porta da casa, Aurélia disse:

— Fica aqui e eu entro; se não voltar é porque ele veio.

E entrou. Um minuto depois, reapareceu e disse:

— O Cunegunes já veio, mas não está em casa. Sei que veio porque quebrou várias coisas, inclusive o rádio; vai-te embora porque a qualquer momento ele chega e a gente vai brigar, mas não te preocupa porque ele quebra e quebra mas não é de me bater, só grita.

Tudo indicava que o Cunegunes era um corno manso. Mesmo assim, Lázaro foi embora. Quase não dorme o resto daquela noite. Sem Aurélia, a rede espinhava. De manhã, pensou: "O Cunegunes vai fazer as compras e hoje mesmo deve voltar para o interior; à noite vou lá com a Aurélia".

Assim fez. Às 19 horas, depois de um dia perdido, bateu na porta da rapariga.

— Que tal? — perguntou, assim que ela apareceu.

— Ele já foi embora — respondeu Aurélia.

Enquanto se abraçavam, a rapariga contou o que tinha acontecido:

— Ele voltou uma fera; brigou muito comigo porque não me achou em casa; quebrou mais coisas e depois se acalmou.

Lázaro perguntou se o Cunegunes tinha batido nela.

— Não, não bateu, ele nunca bate, só quebra e grita — respondeu Aurélia.

Lázaro não perguntou — e nem ela lhe contou — o que aconteceu depois que o Cunegunes "se acalmou", mas não foi difícil adivinhar. Lázaro andava tão enrabichado pela rapariga, que só a largaria se ela lhe desse um pontapé na bunda — mas tinha certeza de que não faria isso, pois sentia que Aurélia gamara na sua *macaxeira* ([83]) — ou se o Cunegunes o apagasse, não ele, melhor dizendo, mas os capangas que trabalhavam para ele, pois de corno manso só se podia temer uma covardia.

Não aconteceu uma coisa nem outra, nem deu tempo de acontecer, pois Lázaro dormiu com Aurélia aquela noite e mais outra, e nunca mais voltou a ver o diabo da rapariga. Isso porque aceitou o pedido do velho Joaquim Macedo para que voltasse para o mato e arrematasse o serviço do cumaru, cuja safra estava no fim. Além disso, a festa de Santo Antônio havia terminado e ele precisava trabalhar. Também não queria ser ingrato com o capataz, que apesar de rude tinha sido bom para ele.

— Você vai, arremata o serviço do cumaru, que está no fim da safra, recebe a produção e faz as contas do pessoal, e depois volta pra cidade — disse-lhe o velho Joaquim.

Com alguns homens, Lázaro foi embora. Em quinze dias, fez tudo o que tinha que ser feito e voltou para Alenquer. Quando chegou, o velho lhe disse:

— Bichinho, o compadre Araújo, nosso patrão, quer que você fique trabalhando de caixeiro na loja dele em Alenquer, pois você sabe ler e escrever, e ele gostou das contas que você fez.

---

[83] Do tupi: "maka'xera" (mandioca). Órgão sexual, em sentido figurado. (N. do E.)

Lázaro ficou alegre e ao mesmo tempo embaraçado, pois planejara ir a Santa Irene visitar a mãe, a quem há meses não via.

— Não precisa ser agora, bichinho; sei que quer ir visitar a sua mãe, pois vá; na volta começa a trabalhar na loja do seu Araújo. Tá certo, bichinho? — socorreu-lhe o capataz.

— Obrigado, seu Joaquim, muito obrigado — disse Lázaro.

— Mas você volta, bichinho? — inquiriu o capataz.

— Volto sim! — garantiu.

— Então vá e não se esqueça de voltar; estamos esperando.

No mesmo dia, Lázaro pegou um *barco de linha* ([84]) e foi embora. Era o fim das férias escolares; os rapazes e as moças, que moravam em Alenquer e estudavam em Santa Irene, voltavam às aulas. A embarcação ia cheia de alunos, todos ricos e bem-vestidos. Lázaro era pobre, mas, com a sua calça de linho e a camisa de mangas compridas já um tanto surradas, mas limpinhas, e o seu galante sapato branco, não se enxergava por baixo de ninguém. Apenas duas coisas, ali no barco, o incomodavam: o isolamento que ele começava a sentir no meio daquela turma, que ria e brincava, senhores da situação, e o seu atraso escolar. Precisou pegar no pesado desde tenra idade e não pôde estudar, e isso o deixava um pouco inseguro; mesmo assim, gostava de si e não baixava a cabeça quando alguém o encarava. Aos poucos, um ou outro viajante dirigiu-lhe a palavra e então se entrosou. Entre os alunos, havia uma garota que perguntou para onde ele ia.

— Vou para Santa Irene — respondeu.

— Ham... você mora em Santa Irene? — tornou a menina.

— Moro — confirmou Lázaro.

— Você vem de onde? — inquiriu a garota.

— Venho de Manaus — acabou mentindo.

---

[84] Embarcação de todos os portes que, na Amazônia, cumpre as mesmas funções dos ônibus nas cidades, conduzindo a população de um lugar para outro, através dos rios e igarapés, nos mais recônditos rincões da vasta região, que abrange mais da metade do território brasileiro. (N. do E.)

Para os moradores das regiões mais distantes de Belém, Manaus era a cidade mais importante da Amazônia. Quem vinha de Manaus tinha prestígio.

— Você mora em Manaus? — perguntou a garota, ainda mais interessada.

— Morar não, trabalho — respondeu.

— Trabalha no quê? — ela quis saber.

— Trabalho na firma J. G. ARAÚJO — novamente mentiu, dando-se ares de importância, pois não era qualquer caboclo que trabalhava na J. G. ARAÚJO, a firma mais poderosa de Manaus.

— Você vai demorar em Santa Irene ou já volta para Manaus? — tornou a garota, encostando-se nele.

— Não posso demorar muito em Santa Irene, o trabalho me espera — respondeu, em tom galanteador, cheio de cartaz, o nosso Pinóquio. E papo vai, papo vem, acabou pegando na mão da fina donzela, que disse ser filha de um grande fazendeiro e estudava no Colégio Santa Clara, tradicional colégio mantido e dirigido pela Congregação das Irmãs Missionárias da Imaculada Conceição da Mãe de Deus, fundada em 05 de dezembro de 1910 por alemães, com a colaboração das Irmãs Contemplativas Brasileiras. E assim passaram a noite.

Lázaro já sabia que o caso com a garota, pela distância social que os separava, verdadeiro fosso, não teria futuro, ainda mais porque ele havia mentido. Mesmo assim, quando o barco chegou a Santa Irene, marcaram um encontro, que, claro, jamais aconteceria.

20. PÂNTANO ESCURO

"O Bem é o amor, está claro. Mas a verdade
é que os homens não se amam. Que será
que os impede de amar?"
Jean-Paul Sartre
(*O diabo e o bom Deus*)

Lázaro desembarcou em Santa Irene com um saldo de 850 cruzeiros, o que, para um pobretão que nem ele, era uma dinheirama que até daria para comprar uma casa. Naquela época, as moedas mais usadas eram as de 1, 2 e 5 cruzeiros; a maior nota era a de 50 cruzeiros; 850 era um monte de dinheiro, encheu a sua saquinha. Isso foi algo muito providencial, pois encontrou a mãe amargando grande penúria. Ela morava com o Carmelo num barraco tão precário que nem merecia o nome de casa. Dava pena ver a parede de barro toda furada e a palha da cobertura só talo. Para escapar da chuva, o Carmelo colocava um encerado sobre a rede dele.

Ao ver essa situação, Lázaro foi ao porto, comprou palha e madeira e pagou um mestre que ergueu uma bonita casinha, toda pintada e com portas de madeira no lugar dos *japás* ([85]). Adquiriu

[85] Do tupi: "ya'pá". Espécie de esteira feita de palmas de várias palmeiras, usada em pequenas toldas de embarcações e para cobrir os interstícios de cumeeira nas barracas, substituindo nestas, por vezes, a madeira para as portas e janelas. (N. do E.)

roupa e rede para a mãe e também para o Carmelo, e ainda ajudou o velho Dico e a velha Mundica. Fez isso e ainda sobrou dinheiro, mas, depois de alguns meses, desempregado, acabou-se o dinheiro. Pensou em voltar para Alenquer, onde o emprego de caixeiro na loja do Oscar Araújo aguardava-o, mas a mãe não o deixou ir, chegando a chorar quando Lázaro disse que ia embora. Com pena da mãe, acabou ficando por lá, de zonzeira, jogando fora uma excelente oportunidade.

Mas essa não foi a primeira vez que a mãe o impediu de mudar de vida. Adeus Alenquer, adeus Aurélia!

Certo dia, Lázaro foi à casa do velho Dico e este disse que lhe havia arranjado um emprego na loja do turco Nicolau Demétrio, uma firma muito grande, que se estabelecia num sobradão antigo, de esquina, que ocupava quase um quarteirão, na rua do porto, perto do velho trapiche da cidade. O sobradão vivia abarrotado de coisas trazidas de São Paulo em grandes navios. Os estivadores passavam semanas desembarcando as mercadorias que chegavam e embarcando os produtos extraídos dos rios e florestas da Amazônia, que seriam beneficiados pela indústria do Sudeste do país: toneladas e toneladas de *jutaí-cica* ([86]), couro de jacaré, de capivara e de veado, que um barco da firma trazia do Lago Grande e do rio Tapajós. Tudo chegava e saía de navio; não havia estrada.

— Falei ao velho Demétrio que eu tinha um sobrinho desempregado e ele disse que podia te levar lá; não sei qual é o serviço, só sei que é no armazém — disse-lhe o velho Dico.

— Então vamos lá — concordou Lázaro.

No outro dia, bem cedo, foram à loja do turco, que se chamava "Casa Elza". Lázaro foi apresentado ao velho Demétrio e ao seu filho Demetrinho.

— Você quer trabalhar? — perguntou o velho.

Lázaro disse que queria. Pai e filho ficaram olhando-o.

---

[86] Goma elástica do jutaizeiro, árvore nativa das selvas amazônicas, coletada pelos caboclos e levada para o Sul do país para ser empregada na fabricação de vários objetos e utensílios. (N. do E.)

— É um rapaz muito trabalhador, disso lhe asseguro, seu Demétrio — adiantou-se o velho Dico.

— Oh, não duvido — disse o turco.

— E, além disso, ele é *crente* ([87]) — acrescentou o velho Dico.

— Oh, ele é crente? Isso é bom, pois crente costuma ser honesto. Você é honesto, não gosta de mexer no que é dos outros? — perguntou o velho Demétrio, fazendo com a mão o gesto característico dos gatunos.

— Nunca fiz isso — respondeu Lázaro, embaraçado com a franqueza do velho, que beirava à grosseria. Nem teve tempo de explicar que cria em Deus, sim, mas não podia dizer que era um "crente", na verdadeira e séria acepção da palavra, como espertamente anunciara o velho Dico, o qual, provavelmente, aplicou-lhe esse rótulo com a intenção de granjear a simpatia do turco para o seu pupilo. Nessa época, os crentes eram, ao mesmo tempo, hostilizados e admirados pelos católicos, que tinham que admitir, mesmo a contragosto, que os crentes eram corretos em seus negócios.

Lázaro foi admitido e começou a trabalhar nessa mesma hora no monstro armazém, cheio de mercadorias, tanta mercadoria que o pessoal nem sabia o que havia lá dentro. Começou como estivador, o cara que carrega mercadoria nas costas; trabalho muito pesado.

Quando o barco da firma — o "Leila" — chegava do interior, chapado de pirarucu, jutaí-cica e *cernambi* ([88]), Lázaro e mais quatro estivadores tinham que trabalhar dia e noite descarregando a mercadoria, e depois recarregavam com as mercadorias que iam para o interior. Davam um duro danado, se esfalfavam, levando a

---

[87] Também chamados de "protestantes" por seguirem a orientação dos "reformadores" da Igreja Católica Apostólica Romana, como Martinho Lutero, João Calvino, Ulrico Zuínglio, John Knox e outros, que "protestaram" contra a venda das indulgências (perdão) aos fiéis, o culto às imagens e outras práticas, e por isso foram cruelmente perseguidos pela Inquisição entre os séculos XVI e XVIII (N. do E.)

[88] Produto da floresta amazônica, em forma de bolota, resultante da coagulação do leite da seringueira (*hevea brasiliesis*) pelo método da defumação. (N. do E.)

carga do porto para o armazém, que ficava do outro lado da rua, e do armazém para o porto, desviando-se dos transeuntes, que o viam vergado sob o peso dos sacos, pois não dava para se esconder — e nem pensava em se esconder, pois nunca teve vergonha de trabalhar. Mas, às vezes, com um saco de 50 quilos nas costas, descalço e sem camisa, melado de suor da cabeça aos pés, Lázaro temia e tremia ao lembrar da garota a quem dissera que era empregado da firma J. G. ARAÚJO, lá de Manaus. "Puta merda! Se ela me vê com esse saco nas costas...", pensava, arrependido, com um frio na espinha, não que tivesse vergonha de ser visto trabalhando, pois sempre foi trabalhador, pau para toda obra, mas havia mentido — não que nunca mentisse ou que quisesse ser santo, como o sacana do velho Dico. Ao contrário, detestava os que, se passando por santos, eram, na verdade, uns grandíssimos fariseus, como alguns padres católicos que, reprimidos pelo celibato, terminavam por extravasar a libido atrás da sacristia, em seus indefesos coroinhas; ou os falsos pastores "evangélicos" que, não satisfeitos com uma só mulher, como recomenda o apóstolo Paulo em sua epístola aos Efésios 5:32, seduzem, tosquiam e enrabam, sem dó nem remorsos, as crédulas ovelhinhas.

E haja trabalho! Carga dia e noite.

O serviço de estivador é pesado, e o turco, exigente; poucos aguentam mais do que uma semana.

O velho tem a mania de chamar de "filho" para todo mundo. "Vambora, filho! Mete a cara, filho! Puxa isso pra cá, filho! Puxa isso pra lá, filho", gritava o velho quando algum estivador parava um instantinho para descansar. Meticuloso, acompanha tudo de perto e dá ordens enquanto o filho dele, o Demetrinho, coça o saco no escritório. A mulher é uma turca de uns 50 anos, grande e vistosa, e ainda muito ativa.

Lázaro aguentou firme no trabalho; muitos saíram, mas ele ficou. Passou um ano naquele murro filho da mãe, mas foi se destacando, os outros saindo e ele ficando.

Por essa época, entrou na firma um rapaz do Lago Grande, da família do *seu* Tote Aquino, o mesmo fazendeiro que o acolheu quando fugiu da casa do velho Teodoro.

O rapaz conhecia a mãe de Lázaro, mas este não o conhecia e nem ele ao Lázaro, porque eram muito pequenos quando se viram lá no Lago Grande.

O nome do rapaz era Francisco Aquino, o Chico. Por ser filho de um aviado do turco na vila Curuai, tinha a sua importância. Veio do Curuai para ser caixeiro do turco em Santa Irene e mostrou-se tão bacana e trabalhador que logo ganhou a confiança do patrão e passou de caixeiro a gerente do balcão. Quando o "Leila" chegava, já era o Chico que ia a bordo fazer o balanço da mercadoria.

Um dia, Chico perguntou ao Lázaro:

— Rapaz, de onde tu és?

— Do Lago Grande — disse Lázaro.

— Do Lago Grande? Exatamente de qual lugar? — tornou a perguntar o Chico.

— Do Bom Destino, na Ilha dos Patos — respondeu Lázaro.

— Ilha dos Patos? Quem são teus pais? — perguntou de novo o Chico.

— Pai, não tenho; mãe, sim, mas não moro com ela — tornou Lázaro.

— Moravas com quem no Lago Grande? — insistiu o outro.

Lázaro disse que morava com o velho Teodoro.

— Com o velho Teodoro? Pô, rapaz, eras meu vizinho! — exclamou Chico.

— Quem é teu pai? — agora era Lázaro quem perguntava.

— Meu pai? É o seu Tote Aquino — respondeu Chico.

— És filho do seu Tote Aquino? Caralho! Então a gente se conheceu! — exclamou Lázaro, sem esconder a satisfação, pois lembrou que havia morado com eles.

Chico, que era mais velho do que Lázaro, foi se lembrando:

— És o Lázaro, filho da dona Guida? Poxa, rapaz, és meu conterrâneo!

Com a amizade do Chico, pouco a pouco Lázaro adquiriu mais segurança e passou a ser incumbido de fazer outros serviços. Vendo o seu desempenho, o velho Demétrio depositou nele tão grande confiança que até as chaves da loja lhe entregava. De vez em quando flagravam um empregado saindo com alguma coisa debaixo da camisa — uma roupa, um sapato... Isso quando o cara não se sujava com um simples pedaço de jabá e era imediatamente expulso como ladrão. Por princípio, Lázaro nunca fizera isso e também nunca precisaria furtar, pois o velho Nicolau Demétrio, como faz a gente rica, dava-lhe as roupas que ele e o Demetrinho usavam um pouquinho e não queriam mais. Dava-lhe também sapato novo, bastando que o seu tivesse um defeito no salto ou um risquinho qualquer, de modo que Lázaro só andava *na pinta* ([89]), ele e também o velho Dico, porque, parte do que o turco dava a Lázaro, este repassava ao velho, com quem agora morava, pois a mãe e o Carmelo foram embora para Manaus.

Um ano havia se passado e ele ali trabalhando para o turco. Tomava café, almoçava e até jantava lá com eles. Às 6 da tarde, depois que todos saíam, fechava as portas da loja e ainda ficava dentro do armazém até às 9, arrumando as coisas para o dia seguinte. Esse não era seu serviço, mas o fazia com prazer, pois gostava de trabalhar. Por isso o velho gostava dele; até dormir na loja podia; chegou a dormir lá duas noites, mas não gostou, por isso não dormia, mas podia. Dormia na casa do velho Dico, mas, às 5 da manhã, já estava batendo na porta dos Demétrio — pá! pá! pá... O velho abria a porta e ele entrava e passava para a loja por uma escada que havia no segundo andar.

Certo dia, o Demetrinho o chamou e disse:

— Lázaro, depois do expediente, papai quer falar contigo.

Lázaro perguntou o assunto.

[89] Vestido ou calçado com os modelos da última moda (N. do E.)

— Não sei, vai lá no escritório — arrematou Demetrinho.

Lázaro temeu, pois o velho, para despedir alguém, era daqui pra ali, mas, como não tinha roubado nem matado, foi, no fim do dia, ao escritório e já encontrou lá o filho, o velho, a velha e a filha mais velha, a Elza.

Eram 6 da tarde e a loja já estava fechada. Depois de mandar Lázaro se sentar, o velho disse:

— Lázaro, tô gostando muito de você e da sua honestidade; de hoje em diante você passa a ser empregado da firma, porque antes era apenas um estivador, um encostado; agora, não precisa mais carregar nada fora da loja, passa a ser o chefe do armazém.

Agora era o Lázaro quem cuidava do armazém. Recebia as mercadorias e despachava. Quando chegavam os aviados da loja, mandava-os para o armazém, onde as notas eram despachadas: sacos de açúcar, arroz, sal, café... Caramba! Lázaro é agora o gerente! Justo. Justíssimo. Sempre teve espírito de trabalho, nunca fugiu da raia. Se fosse preciso carregar alguma coisa na rua, carregava, metia a cara.

Quando chegava um barco cheio de mercadoria, o pessoal passava a noite toda desembarcando. Às 6 da tarde, Lázaro fechava a loja, mas continuava lá dentro do armazém; não ia embora enquanto os estivadores não acabassem de descarregar. Sozinho, ali, e os Demétrio dormindo, podia furtar o que quisesse, mas nunca mexeu em nada. Se o desembarque terminava antes do amanhecer, fechava o armazém e dormia o resto da noite lá mesmo ou a bordo. A confiança que depositavam em Lázaro era tanta que, às 6 da tarde, era ele quem fechava as muitas portas e janelas do casarão. Mesmo se alguém fechasse antes, Lázaro tinha a responsabilidade de examinar as portas de uma a uma e ver se estavam bem trancadas. O turco pegou tanta amizade por ele, que, na hora do almoço, o chamava:

— Lázaro, ó Lázaro, senta aqui e vem comer!

Algumas vezes ia, outras vezes tinha vergonha.

21. A FRAQUEZA DO ANTI-HERÓI

> "Somos todos feitos de fraquezas e erros;
> perdoemo-nos reciprocamente nossas tolices;
> é a primeira lei da natureza."
> Voltaire
> (*O ingênuo*)

Os dois pavimentos do velho sobrado eram divididos por um forro de madeira que servia ao mesmo tempo de teto e piso. Os Demétrio moravam na parte superior; embaixo ficava o armazém. Além do Demetrinho, o turco tinha três filhas — Elza, Celeste e Mariinha. As duas primeiras eram legítimas, e a última, de criação. Elza, a mais velha, emprestava o nome à firma. Era bonita que só diabo, um mulheraço, pedaço de perdição, tão formosa e altiva quanto cobiçada. Poucos porém ousavam encará-la, tal era o respeito que o porte imponente e a beleza ímpar da donzela impunham; tal era também o medo que sentiam do turco.

Certo dia, o Dário, empregado antigo do armazém, chamou Lázaro e disse-lhe, baixinho:

— Lázaro, queres ver uma coisa? Vem cá!

Parecia excitado, o que despertou a curiosidade de Lázaro.

— O que é? — perguntou.

— Não dá pra contar; é melhor tu mesmo ver — disse Dário, com malícia.

Lázaro seguiu-o por entre as pilhas de mercadoria, até que chegaram ao lugar onde se guardavam os couros de animais — porco do mato, veado, quati, quatipuru, onça...

— Olha só aqui — sussurrou Dário, apontando uma brecha entre as grossas tábuas do forro.

Apoiando-se à parede, na ponta dos pés, Lázaro olhou para cima. No primeiro instante, ficou confuso, sem saber se o que via a um metro do nariz era uma aranha caranguejeira que se movia no centro de um triângulo ou coisa parecida; mas logo as formas foram se aclarando e levou um baita susto, pois já não tinha dúvida de que aquilo era um *xibiu* ([90]), e que baita xibiu!

— É a Elza! — sussurrou o sacana do Dário.

Lázaro compreendeu: estavam bem debaixo da penteadeira das "meninas", frente à porta do banheiro, por onde elas costumavam sair do banho, nuazinhas como nasceram, e vinham se pentear.

"Puta merda! Não acredito no que estou vendo! É mesmo a Elza!", pensou Lázaro, com os olhos fixos nas duas brechas — a da tábua e, mais acima, a da donzela.

A posição era incômoda, mas o ângulo de visão, delicioso, permitia ver, de baixo para cima, os seios grandes e de pele leitosa, os mamilos negros, túrgidos e duros, o umbigo profundo e a pelugem fina da bunda — além, é claro, da negra e volumosa aranha entre as pernas bem-torneadas da donzela.

Nosso herói, já se sentindo um cafajeste, perdeu a noção de quanto tempo ficou naquela posição. Quando olhou para o lado, a fim de descansar o pescoço, viu Dário se contorcendo. Também não resistiu.

---

[90] A vulva. Denominação para boceta, xana, xavasca.

A fraqueza do nosso anti-herói deve ser perdoada. Afinal de contas, nessa época, ele era muito jovem, quase um moleque. Além disso, desde que deixou a Aurélia, não provava o gosto de uma mulher e já andava desesperado.

Então, ali mesmo, de joelhos, Lázaro resolveu o seu problema, do mesmo modo como todo homem, seus filhos e netos, resolveram os seus, ou seja, "cinco cristãos contra um judeu", pois qual homem, por mais *borocoxô* ([91]), não perde o juízo ao ver uma cena dessas? "Ai, coração do homem, terra que ninguém anda", dizia-lhe sua pobre mãezinha, que tinha um ditado para cada situação.

Ali, no porão do armazém do turco, ao lado do patife do Dário, olhando de baixo para cima, com o pescoço contorcido e dolorido, Lázaro envergonhou-se da aleivosia que estava cometendo e sentiu-se um crápula, incapaz de conter os impulsos mais elementares.

Naquela noite e no dia seguinte, Lázaro remoeu-se em sentimentos e pensamentos que nunca tivera. Decidiu jamais contar o episódio a ninguém. Se, por descuido, um dia contasse e a pessoa a quem contou não guardasse segredo, ele negaria tudo. Por muito tempo evitou tais lembranças e somente anos depois teve coragem para recordar as suas aventuras mais sórdidas, pois como é duro ser sincero! As pessoas mentem sobre si mesmas o tempo todo, não há uma só autobiografia sincera, ninguém quer figurar entre os anti-heróis, e por que Lázaro teria que ser diferente? Há apenas um caso em que o homem é capaz de, propositar e conscientemente, desejar para si algo até mesmo nocivo, idiota, até mesmo idiotíssimo, e é precisamente quando quer defender o direito de desejar para si mesmo algo idiotíssimo e não a ficar obrigado a querer para si apenas o que é inteligente. Eu, que vos narro essas histórias, gostaria de ter chegado a esse estágio de consciência. Gostaria de ter forças para afirmar algo

[91] Triste, apagado, desanimado.

que contrariasse as pessoas consideradas normais, mesmo que isso me trouxesse desgraças e dissabores, apenas para conservar aquilo que deveria ser o bem mais caro da vida em sociedade, ou seja, nossa personalidade e nossa individualidade. Mas não tenho a força de vontade suficiente para dizer *não* quando todos esperam um *sim*. Sempre fui bem-mandado, aprendi a obedecer, por bem ou na marra, no mando ou na persuasão, no chicote ou na palavra, no trabalho ou na diversão, nos negócios ou na religião. Todos, todos, todos... até mesmo o sacana mais rebelde contra os pais, contra a família e a sociedade fizeram-me dizer sim, por mais absurdo, vergonhoso e injusto fosse o resultado dessa obediência.

Por essa razão, sinto-me capaz de entender e absolver nosso anti-herói, o qual, todos os dias, na hora do banho das "meninas", junto com o Dário, corria até a brecha do forro, e a coisa se repetia. Lázaro queria dizer *não* para o Dário, sentia remorsos, mas, quando dava por si, já estava participando do ato indigno. O pior de tudo é que sentia prazer nisso. Sabia que a *moral e os bons costumes* o condenavam, mas, por mais que lutasse contra a tentação, os "grilhões da carne" o derrotavam.

Já o Dário não tinha freios. Era casado, tinha filhos e era chamado de "seu" Dário, mas ficava doidão, fora de si. Um dia, não se contentando em apenas espionar, enfiou uma tala através da brecha das tábuas, com a intenção de penetrar a outra brecha. Só não conseguiu porque a donzela, vendo a ponta da tala antes, saltou de lado.

— Rapaz, ficaste louco? Se ela contar para o velho, estaremos no olho da rua! — sussurrou Lázaro, de modo estrangulado, puxando com força o braço do Dário, a um tempo assustado e irritado com o atrevimento do companheiro.

— Vai contar que nada. Ela teria vergonha! — disse Dário.

E acertou. As donzelas, assustadas, deixaram o banheiro correndo, e os dois também saíram do seu lugar rapidinho.

“Porra, e agora?! Estou frito!”, pensou Lázaro, com a certeza de que a Elza sabia que um dos empregados havia feito aquilo. Como ele e o Dário eram os empregados mais antigos, seriam os primeiros suspeitos. Por sorte a rapariga calou-se, não deu *esparro* ([92]). Se ela contou para a mãe, foi muito tempo depois, pois os dias se passaram e nada aconteceu. Lázaro acabou se esquecendo — Ufa!

O Chico Aquino chegou do Curuai e projetou-se tanto na firma, que não apenas passou de caixeiro a gerente de balcão, como também, no oitavo mês de trabalho, conquistou a Elza. Mas o namoro era totalmente escondido, porque o turco jamais ia aceitar que a filha se casasse com um brasileiro, ainda mais um caboclo do interior como o Chico. Lázaro acabou se tornando o intermediário do namoro: levava recado do Chico para a Elza e da Elza para o Chico, e marcava os encontros.

O Turco trazia as filhas trancadas dentro de casa; só saíam para irem à escola. Estudavam no Colégio Santa Clara, que só recebia mulheres. A loja fechava para o almoço às 11 e meia. Às 12 o Chico se encontrava com a Elza no caminho da escola. Às vezes, dava uns amassos na donzela lá em cima, na casa dela, quando os velhos desciam à loja. Lázaro cansou de ver isso.

— Lázaro, vai dizer à Elza que daqui a pouco vou lá em cima com ela — pedia-lhe o Chico.

Lázaro subia e avisava a donzela. Levaram o namoro assim, na maciota, por mais de um ano. Como guardasse o segredo, ganhou a confiança dos dois.

A essa altura, os Demétrio tentaram convencê-lo a deixar a sua religião. Diziam que ser “crente” não dava certo; o negócio era ser católico como eles. Queriam convencê-lo raciocinando assim: “Olha, Lázaro, nós éramos muçulmanos, mas viramos católicos; tu também podes mudar de religião”.

---

[92] Barulho, desordem, assuada.

Todo mês faziam uma ladainha na casa deles, que o Chico jamais perdia, não pela reza e guloseimas que a velha, após a litania, oferecia aos convidados, e sim pela oportunidade de ficar pertinho da Elza e pegar em suas mãos e às vezes até noutras partes, enquanto os velhos rezavam.

— Sabe, Lázaro, só assisto à porra da missa por causa da Elza — dizia.

O negócio do Chico não era mesmo religião, mas ganhar dinheiro e gozar a vida. Naquele momento, a vida para ele era a Elza.

Também convidavam Lázaro para a ladainha. Na hora de se ajoelharem diante da imagem de Nossa Senhora da Conceição, a velha mandava:

— Te ajoelha, Lázaro!

Lázaro não ajoelhava, e então a velha pegava no seu braço querendo forçá-lo.

— Diante de estátua não me ajoelho! — dizia-lhe Lázaro, sabendo que, se cedesse, iam querer fazer dele um coroinha.

Lázaro respeitava os católicos, porém nunca se curvaria diante de uma estátua. Na verdade, não seria capaz de crer noutro homem além de Jesus, fosse esse homem católico, protestante, muçulmano ou de outra crença. Enfim, depois de muito insistirem, desistiram de catequizá-lo.

Nessa época, Lázaro já havia notado que nenhuma religião era capaz de transformar verdadeiramente uma pessoa; do contrário, o mundo já seria um paraíso, pois há tantas religiões. O problema estava nesse pântano escuro e fétido que se chama homem, que diz uma coisa e faz outra completamente oposta às suas intenções.

Lázaro conhecia um homem que era exatamente assim: o seu tio-avô Dico. Acho justo e oportuno que me detenha nesse assunto, dando a esse personagem uma dimensão mais humana, contando também os seus erros, melhor dizendo, os seus "pecados", para usar uma palavra que o velho costumava falar todos os dias ao apontar os defeitos das outras pessoas. Pois não há um só homem que não peque, por mais religioso que seja.

Em toda Santa Irene não havia pessoa mais religiosa do que o velho Dico. Ele se dizia "crente" e não faltava aos cultos. Tinha aparência de santo e era daqueles que oram até dormindo. Mas era o pior dos sacanas, não respeitava nem os dias de culto. Saía da igreja e esperava a velha Mundica dormir. Lá pelas 2 da madrugada, apalpando as paredes (pois nessa época já estava quase cego) até encontrar um pequeno candeeiro que ele com dificuldade acendia, fechava a porta de casa com cuidado e saía para a rua, como um fantasma cujas sombras dançavam nas cercas dos casebres da rua que terminava no fundo da cidade, onde morava Zulmira, sua amante.

Lázaro não teria conhecimento desse episódio se não tivesse cometido a mesma torpeza. É que, por essa época, enrabichou-se pela filha da dita Zulmira, a Zulmirinha, moleca de uns quinze anos, fofa e troncuda que nem a mãe. Assim como ele teve no velho Dico um excelente professor, Zulmirinha tinha na pessoa de sua mãe a mestra experimentada nas sacanagens da vida, de sorte que Lázaro esperava o velho Dico sair de casa e logo saía atrás dele, seguindo-o a alguns metros, suficientes para que o velho não ouvisse seus passos nem o enxergasse. Às vezes, Lázaro chegava tão perto do velho, que este, com a cisma típica dos cegos, estacava bruscamente e ficava alguns segundos perscrutando o ambiente só com os ouvidos.

Na rua pouco iluminada e deserta, tendo apenas velhos cães como testemunha, temendo que o velho conseguisse reconhecer a sua cara quase a se rasgar num riso que a custo sufocava, Lázaro ficava paralisado que nem uma estátua de cera olhando para outra estátua. O velho seguia em frente, em passos lentos, tropeçando aqui e ali nalguma pedra, mas sem jamais cair, pois como que conhecia cada milímetro do chão esburacado da rua. O velho na frente e Lázaro atrás, como sua sombra, até que o velho entrava na casa da velhota Zulmira. Lázaro então se escondia atrás da cerca do quintal e ali aguardava a sua saída. Às vezes, o velho saía logo; outras vezes, demorava até quase de manhã, obrigando-o a arriscar-se com a Zulmirinha no quarto vizinho ao da velhota, separados apenas por um esfarrapado biombo de palha, de onde, por mais que tentassem se controlar, partia o sufocado fungar do jovem casal, que se misturava com o dos velhotes.

Apesar de tudo, no culto seguinte, lá estava o velho Dico na igreja, com a cara mais sonsa do mundo, ensinando sãs maneiras a irmãos e visitantes, como se à noite nada tivesse acontecido.

A hipocrisia do velhote o revoltava e aumentava nele a ojeriza aos "santos". Lázaro desconfiava dos religiosos e das religiões, mas adorava a Jesus Cristo, a quem os sacerdotes judeus entregaram a Pôncio Pilatos ([93]) por revelar a falsidade dos fariseus.

[93] Prefeito (e juiz) da província romana da Judeia entre os anos 26 e 36 d.C. (N. do E.)

22. OS PORCOS DO TURCO

"Eu costumava anunciar a minha lealdade
e não acredito que haja uma única
pessoa que amei e não tenha,
eventualmente, traído."
Albert Camus
(*O estrangeiro*)

Depois de três anos de serviço para o seu Demétrio, este chamou Lázaro ao escritório e perguntou-lhe:

— Lázaro, você sabe fazer conta?

Sabia bem pouco, quase nada, pois não tinha estudado, mas não era burro.

— Sei ler e fazer conta, não muito, mas sei — respondeu.

O turco sabia que, na prática, ele sabia, pois já era Lázaro quem despachava no armazém.

— Agora você sai do armazém e vai ser caixeiro da loja — disse o velho.

Puta merda! Lázaro subiu lá nas nuvens. Passar de empregado do armazém a caixeiro era um pulo fantástico.

Nessa época, o seu irmão Junito, a quem há tempos ele não via, trabalhava com um comerciante que chamavam de Estévão, do rio Mentai, muito longe de Santa Irene. Certo dia, Lázaro recebeu um bilhete avisando que o Junito estava muito doente. Junito sempre foi um sujeito duro, de pouca fala e avesso a gestos de carinho, mas era seu irmão e Lázaro gostava dele.

"Por causa desse jeito besta de me preocupar com quem não se importa comigo, já fui chamado de bobo, mas, o que fazer, se sou assim?", refletiu Lázaro. Então ele foi até o velho Demétrio, explicou-lhe a situação e pediu licença do trabalho.

— Licença? Não tenho quem fique no teu lugar — protestou o velho, porque Lázaro era um funcionário útil e discreto, sabia o seu lugar e o lugar de cada mercadoria.

Às vezes, alguém dizia que não havia tal mercadoria. — Tem sim! — Lázaro dizia, já buscando na prateleira; por isso o turco gostava dele e muitos tinham inveja.

— Preciso acudir o meu irmão; não posso deixar que ele morra — insistiu Lázaro.

— Então vá, mas não demore — concordou o velho.

Lázaro acabou passando dois meses fora e quase não volta mais. É que, quando chegou ao rio Mentai, o Junito já estava recuperado, mas, em vez de voltar com ele para Santa Irene, enrabichou-se por uma cabocla e foi ficando por lá; esqueceu-se completamente da Casa Elza. Só voltou porque o Junito, em vez de tratá-lo bem, como costumeiramente o fazia, foi grosseiro e desconfiou dele, pois, na ausência do patrão, era o Junito quem, ali, mandava e desmandava no comércio e na fazenda, e não gostava de ser contrariado. Certo dia, Junito gritou com Lázaro e quis lhe dar uns tapas. Isso foi a gota d'água. Lázaro voltou para Santa Irene.

Voltou mas não teve coragem de reapresentar-se ao turco, pois havia prometido voltar logo e já se passaram dois meses.

— O turco está te esperando — disse o velho Dico, que, na ausência de Lázaro, foi à Casa Elza pedir desculpas pelo atraso.

— Não volto mais para lá — disse-lhe Lázaro.

— O que?! Não faz isso, rapaz! — espantou-se o velho.

— Não volto mais — repetiu.

Lázaro até tinha saldo na mão do turco, mas nem isso o animava a voltar, porém o velho insistiu e, no dia seguinte, logo cedo, acabou se deixando levar. Quando o turco o viu, foi aquela alegria:

— Oh, Lázaro, como vais?

Lázaro então perguntou se ele ainda o queria.

— Oh, sim! Estava mesmo te esperando, pode trabalhar — disse o turco.

A turca velha também veio:

— Oh, que bom, o Lázaro voltou?!

Até o chamou de "meu filho".

Lázaro entrou na loja e já foi trabalhando, pois sabia o que fazer.

Os Demétrio gostavam que só diabo de carne de porco; tanto gostavam que o turco mantinha uma criação de porcos dentro do armazém, mas não vendiam a carne, era só para o consumo da família. Criavam de oito a dez porcos, cada um maior do que o outro, e só matavam o bicho quando não se levantava mais, de tão gordo.

Mas não é à toa que porco se chama porco: fuça o chão que nem escavadeira e defeca muito. Três vezes por dia Lázaro tinha que lavar o chiqueiro, porque, se não lavasse, a fedentina invadia a casa do turco. Era uma merda, mesmo. Mas, até aí, tudo bem; que o turco criasse os seus porcos, ninguém tinha o direito de se incomodar com isso. Acontece que Lázaro era ali pau para toda obra e a porcaria acabou sendo despejada literalmente em suas mãos.

— Lázaro, você cuida dos porcos para mim? — perguntou-lhe o velho.

Sabendo a importância que o velho dava aos porcos, não pôde recusar.

— Cuido sim, seu Demétrio — respondeu.

Durante dois anos Lázaro lavou merda de porco — justamente ele, que não comia carne de porco e tinha nojo do bicho! Que sofrimento. Muitas vezes mandou o Dário lavar o chiqueiro. Sendo ele "caixeiro" e Dário "estivador", este tinha que obedecê-lo; por isso Dário passou a ter raiva dos porcos. Um dia disse para Lázaro:

— Lázaro, vamos matar esses porcos?

— Matar os porcos?! — exclamou, espantado com a repentina e aparentemente absurda proposta do companheiro.

— Sim, matar os porcos.

— Mas para quê?

— Ora, meu caro, acaba-se com a porcaria.

— Mas como fazer uma coisa dessas sem o turco saber? — perguntou Lázaro, já não achando a ideia tão absurda.

— É simples. A gente mata e ele nem vai saber — garantiu Dário.

— Como? Para matar tem que furar e cacetear — ponderou Lázaro, desconfiado, mas já se sentindo engajado no arriscado projeto. Quantas vezes, na sua rede, não conseguiu dormir só em pensar que, no dia seguinte, teria que fazer a limpeza dos porcos.

— Deixa comigo; amanhã mando um para o inferno — disse Dário.

Um dos suínos estava tão obeso, que não se aguentava nas pernas; levantava e caía.

— Olha lá, rapaz, cuidado! — disse Lázaro, preocupado, pois não via como executar o negócio sem gerar suspeitas. Verdade que tinham experiência em matar porcos; todo mês o turco mandava matar um porco para ser comido em família. Matavam, *descoiravam* ([94]) e salgavam; quando a carne acabava, matavam outro; faziam isso à luz do dia e na presença de todos, sem ter que esconder os motivos. — Olha lá, rapaz, cuidado! — repetiu.

---

[94] Retirar o couro do animal.

— Não te preocupa, já sei como fazer a coisa; esse gordão vai ser o primeiro a morrer — disse Dário, apontando para um barrasco que passava a maior parte do tempo arriado sobre o chão.

Combinaram chegar no dia seguinte bem cedo ao armazém, antes de todo mundo. Assim fizeram. O Dário, que chegou primeiro, quando viu Lázaro foi logo lhe dizendo:

— Quer ver como mato o porco? Vem ver.

Depois de certificar-se de que estavam sós, Lázaro ficou vendo o Dário pegar uma caixa de fósforos e aproximar-se devagarzinho do porco, que, de tão gordo, resfolegava com dificuldade — gorrrorrrr...

Já bem perto do bicho, Dário acendeu o fósforo — fiiiiiii. Depois que a chama se apagou, meteu o fósforo no nariz do bicho, que, sem se mexer, aspirou a fumaça com força.

— Pronto! Tá morto. Daqui a meia hora bate os pés — disse o Dário, olhando para o companheiro. Dito e feito! Em menos de meia hora o porco rolou no chão, sacudiu as pernas e estrebuchou. Logo em seguida, o turco entrou no escritório.

— Vamos chamar o velho? — disse Dário.

— Sim. Diremos que é praga que está matando os porcos — sugeriu Lázaro, já convencido do sucesso da arriscada empreitada.

Dário foi ao escritório e disse:

— Seu Nicolau, venha ver como está o porco; parece que está morrendo.

O velho, a velha e os filhos vieram, e foi aquele alarido.

— Acho que é praga — disse Lázaro, e foi como se tivesse caído um raio.

— Mata o porco! Mata o porco! Tira fora! Tira fora! Vai contaminar os outros! — gritou o velho, sacudindo os braços com desespero.

No mesmo instante, Lázaro e Dário, contendo o riso, degolaram e descoiraram o suíno. — Pode salgar pra vender — ordenou o turco, pouco se lixando para a saúde da população; ele nunca saía perdendo.

E assim, todo mês, a "peste" do Dário matava um porco, até que a velha, desgostosa, crendo que se tratava de uma maldição, desistiu da criação de porcos. Foi então que o *seu* Tote Aquino, pai do Chico, passou a enviar, lá do Lago Grande, todo mês, cinco reses para o velho Demétrio, em substituição aos porcos.

Novamente, lá mesmo no porto, Lázaro e Dário matavam, descoiravam e partiam os bovinos em duas bandas, e levavam para a loja, onde faziam o descarne sobre uma banca grande. Em seguida, vinha a salga da carne, feita com sal grosso, pimenta-do-reino e cominho socados no pilão. Iam salgando e pondo a carne em caixas de cerveja vazias, com uma saca de lona sobre a carne e sobre a saca uma tábua, que, por sua vez, tinha que suportar o peso de várias pedras. Assim pressionada, a carne ia baixando, baixando. Em cinco dias todo o sangue escorria com a salmoura, e a carne secava. Quando levantavam a tampa da caixa, a carne parecia tão bonita e gostosa que até dava vontade de comer crua mesmo — puro charque.

Todo mês sobrava essa trabalheira toda para o Lázaro e o abusado do Dário. Abusado, sim, mas bom de trabalho e amigão, mas tinha um grave defeito: era um tremendo gatuno. Furtava roupa, sapato, peixe salgado e o que mais desse sopa; até jabá levava. Tinha um estratagema danado para furtar. Lázaro via e falava:

— Cuidado, Dário, se um dia te pegam...

— Pegam nada! — dizia ele.

Fiava-se por ser empregado antigo e de confiança. Na hora da saída, pegava as coisas e metia debaixo da camisa. Não tremia nem quando passava na frente do velho Demétrio, lá no escritório, onde os empregados eram obrigados a passar. Na época do desembarque das mercadorias, aí é que furtava mais, pois trabalhava-se à noite.

Lázaro ficava na porta da loja recebendo as mercadorias. Os estivadores iam e vinham, do porto para a loja e desta para o porto, descarregando. Era quando o Dário escondia uma posta de pirarucu dentro da saca de lona que os estivadores usavam para proteger a cabeça do peso da mercadoria. No caminho da praia, enterrava na areia. Lázaro via tudo, mas não dizia nada, porque o Dário era peixinho do patrão, homem de confiança, e nunca foi dedo-duro. Dário roubava tanto, que até montou uma quitanda na frente da sua casa. Apesar de gatuno, Dário era seu amigo e Lázaro se preocupava.

— Dário, se um dia te pegarem... Não me mete em confusão — dizia.

— Nunca vão me pegar, mas se pegarem assumo a culpa sozinho — garantia.

Quando um barco chegava, Dário enchia sacos de mercadorias e, à noite, enquanto os marinheiros dormiam, colocava numa canoa e levava embora. Certo dia, disse para Lázaro:

— Hoje vou levar um sapato, um *vulcabrás* ([95]), que está na moda.

— Toma cuidado! — alertou Lázaro.

— Deixa comigo, camarada — disse Dário.

Na hora da saída, Dário pegou o sapato e enfiou debaixo da camisa, como de costume, mas o velho Nicolau era vivo, um dia acabaria pegando o Dário.

Todos os dias, depois de fechar as portas da loja, Lázaro fazia questão de conversar qualquer coisa com o turco, lá no escritório, e sempre dava um jeito de levantar a camisa só para o patrão ver que não estava levando nada, pois quantos o velho já havia flagrado?

Vendo o Dário esconder o sapato debaixo da camisa, Lázaro pressentiu que daquela vez o amigo não escaparia.

[95] Nome de sapato fabricado por empresa brasileira de mesmo nome, sediada em Jundiaí, Estado de São Paulo, de grande aceitação do público, tornando-se sinônimo de sapato popular. (N. do E.)

Dito e feito. Às 6 da tarde, quando o Dário saiu, estavam sentados lá no escritório o velho, a velha e o filho, diante da porta do corredor que vinha do armazém, que não por acaso era a única saída.

Lázaro ficava toda vez lá no fundo do armazém; não queria ver o sacana do Dário se lascar; a cada dia ficava mais ousado; escondia mais do que a camisa suportava e disfarçava saindo de lado. Naquela tarde, exagerou: quis levar o sapato dentro da caixa, o que foi fatal. O velho viu-lhe a barriga estufada e desconfiou, mas não disse nada, deixou o larápio passar; os três apenas cochicharam. Só quando Dário já ia dobrando a esquina foi que o velho chamou:

— Dário! Dário!

Dário parou e perguntou o que o patrão queria.

— Venha cá! Venha cá! — mandou o velho.

"Puta merda, pegaram o Dário!", pensou Lázaro, ouvindo tudo lá do fundo.

— Entra! — disse o velho.

Dário entrou, claro que a contragosto, as pernas pesadas se arrastando. Demetrinho pegou-o pela gola da camisa e suspendeu-o no ar. O velho perguntou:

— Dário, o que é isso?!

O caboclo, de hábito falador, tinha agora a língua enfiada naquele lugar. O velho chamou Lázaro:

— Lázaro! Lázaro! Vem cá!

"Pronto, sobrou pra mim", pensou Lázaro, a caminho do escritório, onde encontrou o Dário meio amarelo, meio roxo, verde e azul, ainda nas mãos do Demetrinho.

— Sim, seu Demétrio; o que o senhor quer? — perguntou o nosso herói, dissimulando a tensão.

— Não sabias que o Dário estava me roubando? — perguntou o velho, quase gritando.

— Não sei do que o senhor está falando — respondeu Lázaro.

— Tu sabias, tu sabias! — repetiu o turco, secundado pela velha, que era neurastênica.

— Garanto que não sabia — disse Lázaro, acuado.

— Claro que sabias; não estavas de parceria com ele? — disse o velho.

— Seu Demétrio, só cuido do meu serviço; além do mais, o Dário é empregado antigo, de sua confiança; sei lá se ele está roubando! — falou Lázaro, fingindo tranquilidade, mas por dentro estava se borrando.

— Ele está roubando, está roubando! Tá aqui o sapato! — gritou o velho, sacudindo no ar o sapato. E esbravejou, possesso de raiva: — Ladrão! Ladrão! Vai-te embora! Some daqui, senão te meto a mão na cara!

Livre das mãos do Demetrinho, Dário foi saindo com a cabeça baixa e o andar trôpego, e os outros ficaram olhando para ele, até que dobrou na esquina e sumiu. Lázaro sentiu pena do Dário, imaginando que naquele dia chegaria triste ao seu barraco, na periferia da cidade, e talvez descarregasse a raiva em sua "bruaca", como chamava à mulher ainda jovem, mas muito magra e de bochechas encovadas, que amamentava com seios flácidos um menino de uns quatro anos, o último dos sete filhos que ele fez na coitada, um por ano. Com a quitanda que Dário montou com as coisas furtadas do turco, até que não se deu mal.

Depois da saída do Dário, Lázaro passou momentos difíceis, pois os Demétrio passaram a desconfiar dele.

Certo dia, o Demetrinho perguntou-lhe:

— Lázaro, tu não sabias que o Dário roubava? — Lázaro tornou a dizer que não sabia de nada. — Não é possível, rapaz, não pode ser — Demetrinho não se conformava. Acochou-o mesmo: — Há mais de um ano ele trabalhava contigo; vocês eram os últimos que saíam do armazém; não é possível que não soubesses que o Dário roubava!

— Não sabia, seu Demétrio, não sabia mesmo. Se soubesse diria, mas não sabia — teve que repetir, mais uma vez, embora, lá consigo, dissesse o contrário.

O tempo passou e os turcos o deixaram em paz.

23. APRENDENDO A DIZER "NÃO"

"Quando a boca não consegue dizer
o que o coração sente, o melhor
é deixar a boca sentir
o que o coração diz."
Shekespeare
(*Hamlet*)

Dário não foi o primeiro e nem o último que o turco pegou roubando. Meses depois, aconteceu o mesmo com outro estivador. Durante o trabalho, o cara colocava mercadorias na lata de lixo, lá fora, na calçada, e, às 11, quando a loja fechava para o almoço, ele saía, pegava as coisas e levava. Tanto se acostumou a fazer isso, que já não tinha medo. Certo dia, porém, quando escondia duas barras de sabão e uma posta de jabá, foi visto pelo Moisés, dono da Casa Carinhosa, situada na frente da Casa Elza, que na mesma hora contou ao turco.

Lá do fundo do armazém, atroou a voz do turco:

— Lázaro! Lázaro!

Lázaro veio logo ver o que era.

— Pois sim, seu Demétrio, o que o senhor quer? — perguntou.

— Corre e pega o que aquele ladrão está levando; depois chama a polícia e manda prender! — ordenou ele. "Puta merda; sobra sempre pra mim", pensou Lázaro. — Corre! — repetiu o turco.

A contragosto, teve que correr, pois o fulano já dobrava a esquina. Quando o alcançou, segurou devagar no ombro do cara e depois bateu nas costas dele — pá, pá, pá — e disse-lhe:

— Ei, camarada!

O cara parou espantado e perguntou o que Lázaro queria.

— Rapaz, foste apanhado! — disse Lázaro. — O Moisés te viu tirando as coisas do lixo e contou para o turco, que me mandou te buscar; também disse que eu chamasse a polícia — falou.

— Pelo amor de Deus, Lázaro, não faz isso! — disse o cabra, empalidecendo. — Toma, leva as coisas e diz que eu fugi — suplicou.

Lázaro pegou as coisas e voltou; não ia entregar o cara, nunca gostou de perseguir as pessoas, se bem que esse até merecia.

— Cadê o ladrão? Cadê o ladrão? — perguntaram em coro os Demétrio.

— Largou as coisas no chão e fugiu — explicou Lázaro, entregando os objetos ao turco.

Os Demetétrio praguejaram ainda por alguns minutos; por fim, esqueceram. Mas, por causa do Dário, passaram a desconfiar de Lázaro. A loja fechava domingo, mas o turco mandava que abrisse a porta do escritório às 8 para atender os caboclos que chegavam do interior. Às 10, depois de aviar os caboclos, Lázaro fechava a porta e ia varrer a loja e o escritório. Quantas e quantas vezes deixaram dinheiro em cima da banca do escritório! Quatrocentos réis, quinhentos réis, um cruzeiro... em níquel. Lázaro pegava o dinheiro e, sem dizer palavra, colocava-o em cima da mesa do turco. No dia seguinte, o turco via o dinheiro e nada dizia.

Claro que isso não acontecia por acaso; queriam testá-lo. Fizeram isso muitas vezes, até que se cansaram. Lázaro ficou de novo à vontade, mas um pouco magoado, pois sempre valorizou mais a confiança que os patrões depositavam nele do que a porcaria do salário. Mas não foi por isso que Lázaro deixou a Casa Elza.

Lázaro saiu da Casa Elza porque o velho Dico meteu na cabeça dele que ele devia deixar o turco e ir trabalhar com um tal de "mestre Sabá", amigo do velho, que construía grandes barcos de madeira e prometera que, se Lázaro fosse trabalhar com ele, ensinava-lhe a profissão de carpinteiro.

— Larga a Casa Elza, rapaz! Lá não aprendes nada — dizia o velho Dico, ingratamente, pois comia e vestia o que Lázaro ganhava na loja do turco e não tinha do que reclamar.

Sabe o que aconteceu: o mestre Sabá, precisando de alguém para ajudá-lo, mandou a "velha Gabita", mulher dele, convencer a velha Mundica, mulher do velho Dico, para que este, por sua vez, convencesse Lázaro a largar a Casa Elza.

Tal estratégia funcionou. O velho aporrinhou-o tanto, que Lázaro acabou abandonando a Casa Elza numa sexta-feira e jamais voltou lá, nem mesmo para dizer ao turco que não ia mais trabalhar.

Mas Lázaro logo percebeu que essa foi a pior burrada que tinha cometido em sua vida, pois poderia ter continuado a trabalhar na loja do turco, onde ele estava muito bem. Verdade que, ali, não passaria de caixeiro. Mas que assim fosse; um cara como ele, que cresceu largado por esse mundão de meu Deus, órfão de pai aos oito meses de idade, sem estudo, que sobreviveu comendo o pão que o diabo amassou, poderia almejar grandes alturas?

— Anda, rapaz, vem trabalhar com o Sabá; um dia serás mestre carpinteiro como ele — dizia o velho Dico.

Mestre que nada! Nem mesmo ajudante Lázaro se tornou; o velhaco do Sabá queria apenas um moleque para ele mandar.

Em vez de ensinar o ofício de carpinteiro, como havia prometido, colocou-o para vigiar um barco de dois passadiços, que estava construindo e ia se chamar "Centauro" e faria a linha Belém-Manaus. O barco já estava calafetado, mas ainda faltava o *toldo* ([96]). Sempre obediente e querendo agradar a todos, Lázaro tornou-se *capacho* ([97]) do Sabá.

Era inverno. Lázaro contava apenas com um pequeno encerado para se esconder da chuva, mas o pior era que o barco se enchia de água à noite e, de manhã, era ele quem tinha que esvaziá-lo, sozinho, com uma lata. Até parece que um cego tinha feito o calafeto do barco, pois nem toda a água do rio parecia capaz de saciar a sede dos minúsculos buracos que havia no casco. Lázaro passava horas tirando água; mil e tantas latadas todo dia. E nada de ser carpinteiro. Nunca o patife do Sabá ensinou-o a pregar uma tábua; sua vida reduziu-se a tirar água e vigiar a porcaria daquele barco.

Salário? Não se lembra de haver recebido. Que humilhação! Nessas horas, lembrava da Casa Elza, de como lá era bom, mas, do jeito que largou o serviço, não tinha coragem de voltar.

Às vezes, à noite, sozinho, debaixo da pequena lona, tendo ao seu lado a malfadada figura do "Centauro" envolta em sombras, chegava a chorar, sentindo-se um prisioneiro; pior que isso, um imbecil, porque podia ir embora quando quisesse, mas, para não desagradar o velho Dico, acabava ficando.

Três meses depois, criou coragem e largou aquela escravidão, mas piorou ainda mais a sua situação. Em vez de voltar à Casa Elza, foi trabalhar na profissão de pedreiro, começando pela estafante função de servente, o cara que se peida fazendo força e ganha uma merdinha de salário. Ficou tão envergonhado, que até evitava passar na frente da loja do turco. Um dia, porém, deu de cara com o Demetrinho na rua.

---

[96] Cobertura de palha ou de madeira, abaulada ou em forma de telhado, para abrigar, nas embarcações, a carga ou os passageiros. (N. do E.)

[97] Indivíduo servil, pelego; espécie de tapete colocado nas portas para limpeza das solas dos calçados. (N. do E.)

— Ó rapaz, por que sumiste? — perguntou Demetrinho.

Lázaro contou o que havia acontecido.

— Não tem problema; volta a trabalhar com a gente — concluiu Demetrinho.

Lázaro disse "não" e nunca mais se encontraram.

Para completar o infortúnio, a mãe de Lázaro, nessa época, voltou de Manaus com o Carmelo e fez tanta chantagem para que ele morasse com eles novamente, que, mais uma vez, acabou obedecendo.

Por ela, tudo bem; o problema era o Carmelo. Os anos haviam se passado. Lázaro tornara-se um homem, mas o Carmelo não mudou nada; continuava querendo tratá-lo como se ainda fosse menino. Às vezes, aos domingos, justo quando se vestia para sair, sem nenhuma necessidade, só de sacanagem, o Carmelo mandava Lázaro pegar o cambão e ir buscar água no poço.

— Corre, rapaz, tira essa roupa e vai encher água! — gritava o Carmelo.

Como sempre, Lázaro obedecia, mesmo achando aquilo uma humilhação. Por causa dessas coisas, os seus irmãos Junito e Orlando, maiores e mais atrevidos, saíram de casa e se danaram pelo mundo, mas, até para um cordeiro que nem ele, a situação tornara-se insuportável. Um dia Lázaro pensou em sair de casa, mas não via como. Toda vez que dizia à mãe que ia sair, ela se agarrava ao filho e chorava. Compadecido, Lázaro ficava.

Um dia, Lázaro pensou: "Porra, é isso! O único jeito de deixar a casa da mamãe é me casando!"

Foi assim que, depois de um curto namoro, Lázaro se casou com aquela que veio a ser a mãe de seu único filho. Filho vivo, esclareça-se, pois a mulher engravidou seis vezes, uma por ano, mas as crianças não chegavam a nascer ou nasciam e logo morriam, prova de que não foi por falta do seu labor que a mulher lhe deu apenas um filho, pois, nessa época, Lázaro era forte que nem um touro e não havia essa história de controle de natalidade. Não que Lázaro não amasse a mulher e só a quisesse para procriar. Não. Era daqueles que acham que o amor é a coisa mais importante do mundo.

24. PONTO CEGO

"Era uma coisinha insignificante, encolhida sobre o papel e ali disposta, aparentemente, a passar o resto de sua vida mínima, sem explicação, sem sentido para ninguém."
Carlos Drummond de Andrade
(*Visitante noturno*)

Depois de uma noite que parecia nunca ter fim, as mil e uma histórias de Lázaro zunindo dentro de sua cabeça, o barco, enfim, ancorou no porto de Belém.

A laranja fosforescente, que se levanta todas as manhãs na Amazônia, já se derretia na linha do horizonte. Com a inocência do matuto que só aos 18 anos põe os pés na capital do Estado, o rapaz encarou o sol e pensou:

"Aqui estou, amigo Sol. Derrama o teu brilho sobre mim e me conduz até o meu destino".

Mal concluiu esse pensamento e já tropeçava nalguma coisa sólida. Um pau? Uma pedra? Um osso humano? Não saberia dizer. Sentiu-se completamente cego. Viu os companheiros de viagem saindo do barco, perplexos e amedrontados, com suas tralhas nas mãos ou nas costas. Enfiavam-se pelas ruas e vielas que partiam do porto e se perdiam nas entranhas da cidade, imenso "dragão" devorador de que lhe falara Lázaro.

Sentou sobre a raiz de uma grande árvore, que se projetava sobre as águas do rio, e continuou a observar o movimento em derredor. Um velho cão, cheio de sarnas, com uma aflição quase humana, esfregava-se angustiadamente num poste da rua, mas ninguém lhe dava atenção. Pessoas passavam por ele quase tropeçando, mas não o viam, levando-o a pensar que talvez estivesse morto e eles vivos, num mundo invertido.

Talvez tenha sido a primeira vez que compreendeu que há tempos resmungava palavras que se perdiam no nada e que estivera sempre a conversar com um menino que aparecia e desaparecia dentro de si, numa noite interminável; acalentara-o em seu delírio e ficara de vigília ao seu lado, mas, ao voltar de um breve cochilo, o menino sumira-se. Procurou-o pelo resto da noite em todos os lugares, mas o pimpolho desaparecera do mesmo modo surpreendente como surgira. Onde estará agora?

"Senhor, acaso viu um menino pálido e magrinho com uma trouxa nas costas?", perguntou a um vulto de homem que passava e não lhe deu resposta, indo-se com passos lentos, vergado sob o peso de uma grande saca. Perguntou, inutilmente, a mais duas pessoas, ou melhor, a duas caricaturas de gente, que pareciam muito concentradas em seu caminhar e nem se dignaram a olhá-lo.

Caro leitor, eu gostaria de narrar esse episódio da vida desse nosso rapaz de um modo mais autêntico e menos teatral, colocando em cena apenas o sentimento das coisas e dos movimentos, mas essa é uma tarefa muito difícil. Primeiro, há o tempo, que a tudo esmaece, e, depois, para recompor os lapsos, lançamos mão da imaginação, mas, conforme disse o poeta, "a imaginação é a memória enlouquecida" ([98]). E foi, justamente, a sensação de loucura que tomou conta do rapaz quando, ao enveredar por uma das vielas da Cidade Velha, com a sua trouxinha nas costas, de

[98] Um dos aforismos do poeta gaúcho Mário Quintana. (N. do E.)

repente avistou, novamente como que surgido do nada, a figura irreal do pequeno Lázaro.

— Lázaro! Lázaro! Espera-me!

Mas o menino desapareceu numa esquina. O rapaz estugou os passos, correu, mas, ao dobrar a esquina, não mais o avistou. Desiludido, parou, e, para sua surpresa, quando olhou para trás, já era Lázaro quem, à retaguarda, o seguia. Como passara por ele sem o enxergar?

— Lázaro, vem cá! — chamou-o, sem sair do lugar.

O menino se aproximou; parecia triste e cansado. Mas logo a vista do rapaz desviou-se de Lázaro e se fixou em alguém com aparência ainda mais insignificante, que o seguia timidamente. Alguém que em toda a viagem de Santa Irene a Belém, nos três dias em que o tempo parece ter parado de escorrer, não lhe saiu da lembrança um único instante. Falo da pequena Raquel, de quem Lázaro lhe falara com tanto ardor e sentimento. Mas ela não havia morrido?!

Belém, naquela manhã calorenta, pareceu-lhe uma donzela com rosto cheio de acnes. O sol do equador havia se levantado rapidamente sobre as ruas sujas e esburacadas da cidade. O narrador sentiu fome. Então disse para Lázaro e Raquel:

— Venham tomar café comigo.

Entrou num dos botecos da Cidade Velha, àquela hora da manhã já frequentados por gente extraviada e invisível que nem eles.

— Senhor, sirva café com leite e um pedaço de pão com manteiga, para três — pediu ao homem que atendia ao balcão. O homem lançou um olhar estranho sobre o rapaz e não se mexeu, como se não tivesse escutado ou não houvesse entendido as palavras, tornando o rapaz a pronunciá-las, novamente sem sucesso.

— O senhor não quer me vender o que lhe pedi? — indagou-lhe.

O homem movimentou-se, mas colocou sobre o balcão apenas um copo e um pedaço de pão.

O rapaz olhou para o lado, imaginando os olhares famintos que Lázaro e Raquel estariam lançando para o balcão, mas só avistou Lázaro. Raquel havia desaparecido.

— Cadê a Raquel?! — perguntou ao seu companheiro de viagem, mas Lázaro não moveu os lábios; seus negros e amendoados olhinhos, e toda a sua alma, fixavam-se sobre a fatia de pão.

Julgando que Raquel houvesse ido ao banheiro do boteco, falou para o homem:

— Senhor, pedi café e pão para três...

— Mas o senhor está sozinho! — retrucou o homem. E completou: — Beba o seu café, mas antes me pague, e depois dê o fora!

Compreendendo que não adiantava discutir com o homem, o rapaz fez o que este mandou e saiu para a rua. Lembrou que seu destino estava ainda muito longe e que Belém era apenas um ponto de passagem; quanto antes a deixasse para trás, melhor seria, pois tinha pouco dinheiro para o resto da viagem.

— Senhor, onde fica a Rodoviária? — perguntou a um caboclo que passava.

— Pra lá — respondeu o homem, espichando os beiços, à maneira dos índios, na direção que apontava.

Com passos firmes e alma quebrantada, o rapaz marchou na direção indicada. Quando a rua findou, parou e olhou para trás. Lázaro e Raquel, a dez passos, o seguiam. Olhou para frente e, inexplicavelmente, os seus dois companheiros, como extensões do seu olhar, ali já estavam. Então, para seu espanto, ouviu sair dos seus lábios: "Lázaro e Raquel não existem!". Para resolver a sua dúvida, disse para si mesmo: "Vou olhar para trás e eles não vão estar lá; depois fecho os olhos e os abro novamente e eles vão estar onde não estavam". Assim fez e assim aconteceu.

Impressionado com a descoberta, sentou na sarjeta da rua e aí ficou por longo tempo olhando para uma formiga que ele havia esmagado ao sentar-se. Esmigalhada, a formiga ainda se mexia.

Ficou triste ao olhar para o que restava da formiga. Essa tristeza impedia-o de pensar o que quer que fosse. Apenas ouvia o barulho dos carros misturado a outros ruídos, típicos da cidade grande, mas não distinguia nada específico no meio da balbúrdia, pois esta não era física ou exterior a ele. A única coisa neste mundo que atraía a sua atenção era aquela formiga, que ainda se mexia, e cuja existência não teria sido notada pelo mundo dos homens se os pés de outro ser igualmente insignificante não a tivessem esmagado. O rapaz via a formiga aos seus pés, reles e mínima em sua insignificância de inseto, mas, na verdade, sua mente vagava muito longe. Lembrou-se da frondosa castanheira, plantada no centro do Noçoquem, onde Raquel disse que um dia seriam felizes.

FIM

pólen bold 90 gr/m2
tipologia calisto mt
impresso no verão de 2025